寫詩折磨自己

林煥彰／著

林煥彰的
異類詩觀・詩論

我的異類詩論和詩觀

——《寫詩，折磨自己》自序

林煥彰

今年我瘋了，一口氣想要出版幾本書，最少會有四五本！這是其中的第一本；有一本和這本一樣，也是屬於「論述」的兒童文學方面的文字，書名還未想好；另外兩三本，是詩集，一本與台灣有關，取名《台灣，我的血點》；一本寫在國外的感觸，書名叫《旅人，心境與感想》；還有一本暫時就不說了。

首先，我要由衷感謝秀威資訊科技公司，讓我大量佔用他們寶貴的資源；其次是編輯們，肯任勞任怨接受我有期限性的出版計畫，並如期配合趕進度，完成我這些書的編務。感恩不盡。

看這本書的一校，總計超過三百頁，近十五萬字！沒想到自己也能寫出這麼多有關詩的文字，而且還發現有不少這類文字沒收進來。收在這集子裡的文字，我大略分為「自白卷」、「談詩卷」、「評介卷」、「札記卷」和「附錄卷」；會這樣分卷，我自己很清楚我在說什麼，也很清楚用什麼方式在說什麼？其實，這些都談不上詩的「論述」，只是與詩有關而已。

我學習寫詩已超過半世紀，說自己是「寫詩的人」，絕無問題，但絕對不是「詩論家」；

有關這類雜文的書，十多年前在宜蘭縣文化局出過三本：《善良的語言》、《詩・評介和解說》、《童詩二十五講》，因此責編黃姣潔好意幫我在書名之下加了副題「林煥彰詩論・詩觀」，我看了雖覺滿好，可惜對我的文字性質的確不太適宜，所以我初校時加了「的異類」三個字，就比較說得過去。真的，這是一本談詩的雜文集，不是學術性的論著，希望讀者不要以嚴肅的「詩論」來看它。當然，寫詩超過五十年，對詩我自然會有一些自己的想法和看法；這些談詩的文字，就是我對詩的想法和看法。它們純粹來自我個人的經驗和體會，與任何詩學流派理論無關。

在「談詩卷」裡，幾乎每篇都以小詩為重點。這也正好說明：近十年來，我很用心、積極在倡導寫「六行」（含以內）小詩，我自己也寫了兩百多首；而且還會繼續寫，也希望大家來寫。

「寫詩，折磨自己」；我朋友說「也琢磨自己」，的確如此。就因為寫詩需要「琢磨自己」，力求精進，我就不怕「折磨自己」了。

請方家不吝賜正。

二〇一三年四月二十八日十點三分研究苑

目次

談詩卷

評介卷

札記卷

答問卷

自白卷

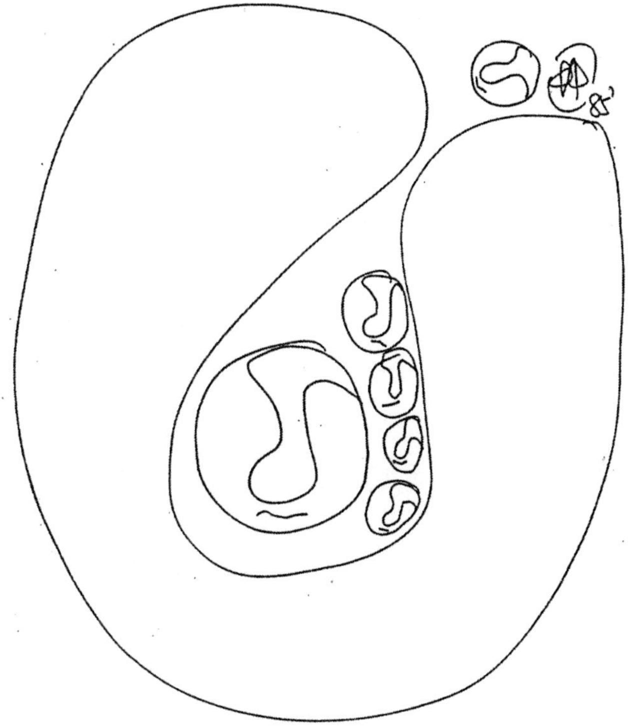

我的詩觀

寫詩，折磨自己；
但要能給別人愉悅和智慧。

二〇一二年十二月十五日晚，研究苑

我的第一篇詩觀[1]

我在《葡萄園》萌芽，在《笠》詩刊成長，然後與同輩詩友組織「龍族詩社」；這是我寫詩十五年來的歷程。今天，我的風格之形成與詩觀的確立，也可以用《葡萄園》提倡明朗，《笠》注重鄉土感情底真摯的流露，以及《龍族》追求表現民族意識、關心現實等多種看似不同，而實相貫通的精神來加以概括。

年來，我開始轉向「現實」的關照，以口語的方式來抒發悲苦的心聲。我自覺這類詩不是一下可以寫好，必須付出更多的能耐，更多的愛心，把自己融化於大眾的生活中。愛心與經驗，是我寫詩的憑藉。

有人說我寫的是：製造牙膏肥皂的社會性的詩。可是我卻對自己說：不要祈求「偉大」，但求「真摯」。

很多人偏愛我以前寫的詩，但我必須尋求一條更寬闊的道路。我以為現代詩所予人晦澀之感，應該在我們這一代消除，但我無意把詩弄得平淡，也許我面臨的是一大挑戰，面對最平常的事物，要表現高貴的情操；無論如何困難，希望有所改變。

1　原題〈林煥彰詩觀〉，應紀弦、瘂弦、張默等編《八十年代詩選》邀稿，濂美出版社印行，一九七九年十月版，頁一七〇。

我的跨界詩觀・遊戲2

——玩心情・玩文字・玩寫詩・玩創意

0・撕貼畫的美學

1・追求美感

2・重視留白

3・表現詩意

4・給出更多的想像空間

一、我的跨界作品 之一

撕・貼・畫

二、我的跨界作品 之二

從撕・貼・畫到詩的寫作

時間，祢要拿回什麼

是我被禁錮太久了嗎？
時間，祢是我的主人

從一堵牆走出來，我竟忘了
如何邁開步伐

我，我不是曾經年輕過嗎
時間，祢從我身上要回了什麼？

我的心，怎會是空的
我的全身，都是空的！

三、撕・貼・畫和詩結合

1. 在撕貼過程中，想像詩意的感覺，醞釀詩句。
2. 把在撕貼過程中得到的詩句，寫在畫作中適當的位置。
3. 從已完成的畫作中，尋找詩意（詩的感覺）和詩句，再把它寫下來。
4. 如此完成的詩，也可以自己獨立，不必依賴畫作而存在。

四、詩的同義詞，就是創作

[2] 二〇一二年六月二十三日福州旗山「兩岸現代詩跨界研討會」講綱，全部圖和詩計十六頁彩色，刊載於《台港文學選刊》總第二二八期內頁、封面及封底。

我的文學藝術觀

我的寫作，包括：為成人，也為兒童；更準確的說，是為自己；為讓自己免於庸俗和自我救贖，也因為人生太多缺憾，求得一點彌補。此外，就沒什麼大志。至於所謂藝術，我所能做的，也只有塗鴉。近年突發奇想，利用準備丟棄的紙張，做「撕貼畫」，也做環保；要說有什麼嚴肅的「藝術觀」，還是年輕時喜歡說的那句話：「高興就好。」

《乾坤詩刊》六十五期，二〇一三年春季號刊載

短論卷

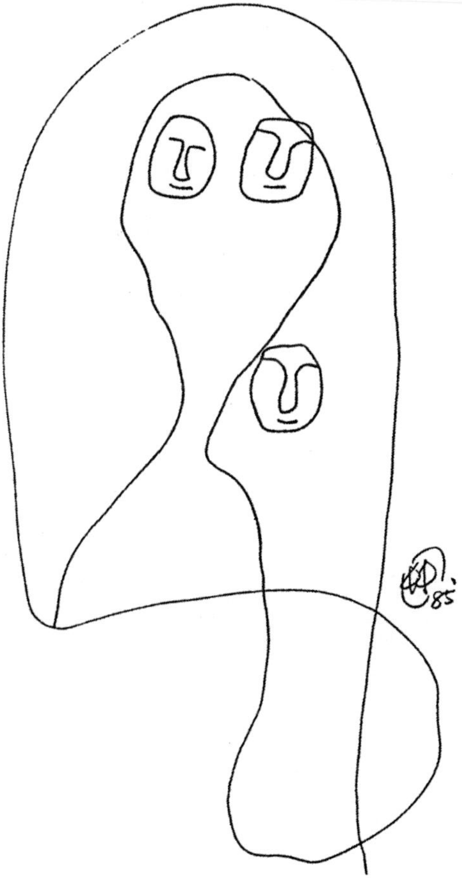

詩，是一種感覺

——詩是什麼？

詩是什麼？
詩，是一種感覺；
其實，詩不止一種感覺。
詩，要有哪些感覺？
我，試著用心去感覺——
我的感覺是：

詩，要有幸福的感覺；
詩，也要有悲愴的感覺。
詩，要有平靜的感覺；

詩，也要有激動的感覺。
詩，要有大海的感覺；
詩，也要有小溪的感覺。
詩，要有孤獨的感覺；
詩，也要有雲遊的感覺。
詩，要有委屈的感覺；
詩，也要有得意的感覺。
詩，要有戀愛的感覺；
詩，也要有失戀的感覺。
詩，要有哲學的感覺；
詩，也要有宗教的感覺。

詩，要有農夫的感覺；
詩，也要有農婦的感覺。

詩，要有播種的感覺；
詩，也要有拾穗的感覺。

詩，要有無聊的感覺；
詩，也要有探索的感覺。

詩，要有背叛的感覺；
詩，也要有敦厚的感覺。

詩，要有垂釣的感覺；
詩，也要有放生的感覺。

詩，要有現實的感覺；
詩，也要有虛無的感覺。
詩，要有落葉的感覺；
詩，也要有萌芽的感覺。
詩，要有花開的感覺；
詩，也要有花謝的感覺。
詩，要有發現的感覺；
詩，也要有失落的感覺。
詩，要有工作的感覺；
詩，也要有遊戲的感覺。
詩，要有對話的感覺；

詩，也要有自語的感覺。

詩，要有喝酒的感覺；
詩，也要有作夢的感覺。

詩，要有天真的感覺；
詩，也要有傻傻的感覺。

詩，要有合理的感覺；
詩，也要有矛盾的感覺。

詩，要有真誠的感覺；
詩，也要有敗德的感覺。

詩，要有貴婦的感覺；
詩，也要有蕩婦的感覺。

詩，要有清泉的感覺；
詩，也要有混濁的感覺。
詩，要有無知的感覺；
詩，也要有智慧的感覺。
詩，要有似是的感覺；
詩，也要有似非的感覺。
詩，是一種感覺；
其實，詩有說不完的感覺。

二〇一一年二月十五日十二點五十三分，研究苑

詩的方法與想法
——我怎樣寫一首詩

寫詩的方法很多；假如每一首詩都是一個「新的開始」，一首詩一個方法，那麼有多少首詩，就該有多少種寫詩的方法。

民生報在二〇〇五年八月為我出版我的第一本談「我怎樣寫作」的書：《一個詩人的秘密》，是主編桂文亞小姐邀我寫的，我寫得很愉快，也寫得很輕鬆；記得她給我半年的時間，我不到一百天就完成了。

這本書她要我寫三十篇，我就用一篇談一種方法或想法；那麼這本書就有我寫詩的三十種方法或想法。我的方法或想法，我用起來很方便，但不知別人是否用得著？現在這本書已經三刷了，看來好像也有點兒用處；那我就再談三十種之外的另一種方法或想法。

「從一個意念開始」，是我長久以來寫詩慣用的一種方法或想法。

「意念」要怎麼來？很簡單，就是「想」出來的。

平時，有事、沒事都要動腦筋想；「動腦筋」就是用心在思考，尋找寫作的題材、主題、思想、感覺、感情，表現你人生的發現或體悟；經常想，想多了，自然而然就會有結果。

寫作，有人要依賴「靈感」，我是不相信「靈感」這回事。二〇〇八年十月二日那天下午，文藝界和出版社為詩人余光中先生慶八秩華誕；余先生在會中致詞提到「靈感」說：所謂「靈感」，是「豁然貫通」的一件事。他舉「鑽洞」為例，如果沒有「鑽」的過程（努力用心想），哪來「豁然貫通」？我的想法和余先生的道理差不多。

寫詩，有了「意念」之後，還要繼續用心想；「意念」往往只是一個「引子」，如果它是一個新鮮的、有趣的，是從來沒有過的一種「特別的想法」，你繼續用心想下去，後面的詩句就會「自動的」、一句跟著一句跑出來。我舉我最近寫的一系列「貓詩」供大家參考；關於「貓的詩」，我已經寫了五、六十首，但我還要繼續寫；可是我不能重複呀！我要有新的想法、新的點子，否則重複寫同一個題材就沒有新鮮感，自然也就沒有意義了。

我這些「貓詩」一共五首，都是六行（含）以內；我從「貓當哲學家」、「貓當詩人」、「貓當畫家」、「貓當情人」、「我的貓的愛情觀」五個「意念」出發[1]，想一些新鮮有趣的事；當然，我所想寫的每件事，都得跟貓的特性、習性有關，才能將原本無關的「哲學家」、「詩人」、「畫家」、「情人」、「愛情觀」這些屬性結合在一起，和貓扯上新關係，也有了想像的合理化；有詩味、有新意，讀者才會樂於接受，並產生認同和共鳴。

我要特別強調的是：一個人活到七十歲，寫詩五十年，還要繼續寫，那就必須寫出不同於以往的東西；跟自己不一樣，也要跟別人不一樣。一個初學寫詩的人，如果從一開始就有和我一樣的想法，我想，他一定很快就能寫出跟別人不一樣的詩，甚至超越別人。

二〇〇八年十月四日十八點五十三分，研究苑

1 關於貓的詩畫集，已在秀威資訊科技有限公司出版，分成兩冊：《貓，有不理你的美》（成人版）、《貓，有好玩的權利》（兒童版）。

做好一個心靈的收藏家

——談「一首詩」的寫作

一首詩的產生，要經過一個複雜的過程，讀一首動人的好詩，也的確令人回味無窮，但要寫好一首詩，可要具備很多條件嘍！

《小作家月刊》自提出「一首詩」徵文以來，接到了許多小文友的來稿，引起相當的回響，本期特別刊出入選的不同主題的作品，並請詩人林煥彰老師逐一評介，同時林老師還傳授了「如何寫好一首詩」的「祕訣」，就請讀者們一起來賞詩、讀詩、學寫詩吧！（編者按）

詩是會說話的鳥，能唱出心底的聲音。

這「心底的聲音」，簡單的說，就是「心聲」；「心聲」是一種「美的感覺」、「幸福的感覺」、「愉快的感覺」、「智慧的感覺」、「良知的感覺」、「愛心的感覺」等，各種感覺的綜合經驗的表現。

想寫好詩，一定得先要學習做個「有氣質」的人；這個「人」，必須先培養善良的心性，隨時隨地要有樂觀、進取的精神，他才能擁有美好的感覺、幸福的感覺、愉快的感覺、良知的感覺、愛心的感覺……有了這些有助提昇心靈美質的「感覺」，心就會變得特別靈敏，看到任何東西，想到任何事情，都會有跟別人不一樣的發現和聯想、不一樣的感觸……

詩要用文字表達，文字是語言的符號，是寫詩時用的唯一的媒介；是我們用它來記錄內心的抽象理念、抽象感情、抽象感覺。有了特別的發現、聯想，特別的思想、感觸，文字只要盡到忠實、準確記錄的責任，就能寫出一首好詩。

要想作為一個寫詩的人，平時得有所準備，首先必須經常閱讀詩，讓自己的心情有一種詩的「滿滿的感覺」，讓別人的好詩對你有所陶冶和啟發；其次是，要學會做好一個「心靈的收藏家」，收藏各種情緒、經驗，收藏各種知識、感覺……豐富自己的心靈；再其次，就是發現語言文字的奧妙，大膽使用文字，打破既定的文法，不斷做新的嘗試，發揮文字（包括標點符號）的潛在功能。

「一首詩」的寫作，如果要具體的說，可以有以下的幾個步驟：

一、先確定主題（含題材或題目，弄清楚你要寫什麼）；

二、針對主題發揮聯想（含主題意義的思考、延伸、擴大對主題的認識）；

三、開始「醞釀」，讓「詩想」（主題）發酵（由主題聯想、轉化，尋找經歷過的印象、選擇形象化的語言文字）；

四、動筆記錄前項醞釀過程中所浮現的詩句（讓「詩想」的過程落實在文字上）；

五、推敲，推敲，再推敲（可以嘗試調動已記錄的詩句文字敘述的順序，或前後排列的位置）；

六、詩意、詩味的營造（再三默念、玩味、修改、潤飾，加強詩的純度，避免成為「散文的分行」）。

這就是「一首詩」的寫作過程吧！

詩是一種會說話的鳥，要能唱出心底的歌聲，才能感動別人，讓人回味無窮。

我是這樣想的。

《小作家月刊》二〇〇八年十一月號刊載

詩在現代世界中所扮演的角色與地位

——是詩拒絕了現代人，還是現代人拒絕了詩？

現在是工商業社會的時代，不可諱言的，大多數的人都以追逐名利為目的，詩對我們來說，已經不重要，甚至可以說，沒有詩，我們照樣不會餓肚子，照樣有娛樂，照樣可以睡覺，照樣能傳遞香火……

當然，詩可以陶冶一個人的性情，可以淨化人心，免於腐化，免於沉淪；詩人希望藉它來拯救世人的心靈免於過分物化，為利慾所侵蝕。可是，大眾媒體都以商業為導向，一切聲光形色都為次文化所佔領；詩是無力的，被擠退到書房裡、書架上，無聲無息！

顯然的，在現代世界中，詩所扮演的角色，已不如政客的一句空頭口號，也不如商賈的一張鈔票！一個政客，可以憑一句響亮的空頭口號贏得選票，把他送上民主的殿堂；一個商人，可以用花花綠綠的鈔票，僱人為他效勞；而詩人呢？

詩人能寫一首詩換幾個麵包？

詩人能寫一首詩而變成一個領導者？詩人能寫一首詩而影響一個政府的決策？

詩人能寫一首詩而贏得一顆芳心？

……所有的答案，都是否定的，誰也不會感到意外。

這是事實，不是悲觀的論調，更不是消極的呻吟。詩人應該看清楚，不必欺騙自己，不必自我陶醉；自我陶醉是無益的。

不過，認清事實之後，詩人應該改變觀念，詩人應該要有積極的作為；但積極的作為是什麼？我們要捫心自問：

「為什麼詩會變成這樣？」

「到底是詩拒絕了現代人，還是現代人拒絕了詩？」今天，我們要確實來做一番省思。

詩是為了自己而寫的呢？還是為別人而寫？如果答案是後者，那麼，你該寫些什麼？要振興詩在現代世界（社會）中的地位，現在是現代詩人應該關懷人、關懷社會的時候了；關懷受壓迫、困苦、頹喪、無助、絕望……的人（也包含其他的動物、自然的生態）；為他們寫詩，替他們講話，給他們慰藉，給他們信心，給他們勇氣，給他們聲援……

詩要扮演的角色，應該是，也永遠是大眾與萬物的不可或缺的代言人；

詩要建立的地位，應該是，也永遠是大眾與萬物的不可取代的母親。

寫，不一樣的詩[2]

寫詩不是要「做詩人」，
寫詩是要學習做一個「有智慧的人」。

在中國新文學史上，沈尹默、胡適、劉半農、周作人、郭沫若、劉大白、朱自清、冰心、聞一多、李金髮、戴望舒、徐志摩、朱湘、林徽因、馮至、艾青、臧克家、田間、卞之琳、何其芳、綠原、魯藜、辛笛、牛漢……很多名家走在我們前面，他們的成就，已有歷史的定位，也有時代的背景和意義，我們不一定都能超越，但要想辦法努力超越，至少，不能和他們一樣

我們有我們的時代，我們有我們的生活文化背景；
我們有我們各自的使命，我們有我們各自不同的詩觀；
我們有我們各自不同的美學標準，我們有我們自己的語言；
我們有我們自己的表現方式，我們應該寫出和他們不一樣的詩；

我們不能再以他們的詩觀為詩觀，也不能再以他們的審美品味和標準為標準；

以上都是我的想法，我們要勇於改變、勇於創新、勇於批判（批判別人也批判自己）、勇於寫出屬於自己的詩篇……

我們的先行者、胡適先生，他約在百年前寫的「你不能做我的詩，／正如我也不能做你的夢。」（〈夢與詩〉）說的應該就是這個意思，百年後我們怎麼好意思還迷迷糊糊、不清不楚、一直跟在前人的背後，追尋他們那些飄忽不定的影子呢？

大陸詩人魯藜在上世紀二、三十年代寫過一首名詩：〈泥土〉，只有四行，我非常喜歡，也把它當作座右銘；詩的內容是這樣的：

老是把自己當作珍珠
就時時有被埋沒的痛苦
把自己當作泥土吧
讓眾人把你踩成一條道路

儘管我很喜歡這首詩所表現的精神，但我寫詩時，我不會也不能寫得跟它一個樣；我寫詩時，我只有我自己，我不能受到干擾；「我」，作為一個獨立的「人」，有自己的想法、自己的主張，是相當重要的；尤其作為一個「詩人」，強調「我」是有自主性和自覺性的，比原來的「自然人」要更有自主性和自覺性。我必須全然的有所主張、有所作為、有所表現；譬如同樣要寫出人生的某種發現、某種領悟、某種道理，我寫出了一首小詩，只有七個字，要分成三行，三行又要分成兩段，就是很不一樣了。這首小詩，題目叫〈空〉，全文是這樣的：

鳥，飛過——
天空

還在。

從主題、內容、意涵到語言、形式，都是屬於我自己的、是前所未有的；是我以前所沒有的，也是古今中外所沒有。

再比如我另外一首小詩〈有借有還〉：

眼睛，借給我；
耳朵，借給我；
嘴巴，借給我；
心，也借給我……

我，死後都會還。

我要向誰借眼睛、借耳朵、借嘴巴、借心？我借眼睛做什麼？我借耳朵做什麼？我借嘴巴做什麼？我借心做什麼？難道我是一個沒有眼睛、沒有耳朵、沒有嘴巴、沒有心的人嗎？這些都是問號、都要思索、都要找答案；但答案不會只有一個。詩是要讓人看了、讀了之後，有所想像、有所思考、有所玩味的。要有更多的意涵、更多的想像空間。

表面上，這首詩，好像是一種開玩笑似的、有點兒不大負責的意思（玩世不恭嗎？）；其實，是有一個嚴肅的主題。

「有借有還」天經地義；借錢還錢，借物還物，理所當然；「錢債」、「情債」、「恩債」你能賴嗎？「錢債」通常比較容易解決，只要有心大多可以辦得到；但「情債」、「恩債」……就不一定都能夠還得完！人死後，你能帶走什麼？想想這一堆人生的問號，你是否已經有了感悟？有了自己的答案？詩雖短，語言淺白，字句簡單，形象具體、明確，主題也清楚，但詩的意味、韻味和蘊涵，是讀者可以另有自己的想像和不同的領會與解讀。

詩人要看重自己，給自己充分創作的權利，同時詩人也要看重讀者，給讀者享受閱讀詩而獲得感受到詩的文本延伸之後的想像、發現和成就的樂趣；詩人不能剝奪讀者這份應有的珍貴的權利。

中國前文化部長、小說家，也是詩人王蒙，他有一首短詩，也是我所喜愛的作品；它的題目叫〈昨天〉，收在葉櫓選析的《現代哲理詩》選集裡（花城出版社，一九八八年一月印行）；它的語言是日常的語言，文字是淺白的，但想法、蘊涵的哲理意味，卻是不平常的、不淺白的，讓人回味無窮；更重要的是，它是一首好詩，是一首具有哲理意涵的詩，不是講理、說教的東西；他說：

昨天比今天
總是更年輕
昨天念一首詩
流很多的淚
今天念一首詩

皺一皺眉
明天呢
把微笑留給明天
明天有更多的昨天
有更多的年輕的回味

寫詩，可以用這麼簡單的文字，沒有一個字會為難讀者；寫詩，可以用這麼生活化的題材，卻沒有讓我們讀者滯留在日常現實生活中厭煩的情緒裡。這是一種智慧的表現；寫詩不是要「做詩人」，寫詩是要學習做一個「有智慧的人」。

二〇〇九年十月二十一日曼谷《新中原報》刊載

[2] 二〇〇七年十二月十一日應邀到雅加達「印華作協文藝營」講學，在飛機上寫的講稿；二〇〇八年九月十五日十點二十分，研究苑修訂。

詩與海洋

——以感恩和贖罪的心情為海洋寫詩3

海洋是一座有待開發的詩礦；我們居住的地方，是四面環海的一座島嶼；看海，想海，親近海，寫海洋的詩，是天經地義的事。

我們生長在台灣島上，如果沒有政治人物的操弄，我們應該說是幸福的；四面環海的台灣，在浩瀚湛藍的海洋中，台灣的形狀，多麼像一條大鯨魚，也多麼的像一艘大船；不論像什麼，怎麼看，我都覺得台灣很漂亮；所以，我們台灣是一座寶島，在外國人心目中，歡呼她，叫著：福爾摩莎！美麗的寶島。

海洋是浩瀚、博大的，她孕育著數不清的生命，魚類，蝦類，蟹類，貝類以及海藻類，還有更多的海底礦藏物質，我們究竟知道了多少？

海洋是豐富、無私的，她養育著我們；自有人類以來，我們人類從海洋竊取了無法計數的食物，以及無數的資源。想想，我們人類有過什麼樣的回饋？從來沒有，一丁點兒也沒有！我們人類不該覺得慚愧嗎？不該認為自己有罪嗎？不該向她感恩、贖罪嗎？不該寫詩向她歌頌嗎？

海洋是一座大愛的磁場，蘊藏著萬有的能量。來吧！可愛的詩人們，我們都拿起筆來，為海洋寫詩，寫與海洋有關的詩。

二〇一〇年十一月十五日九點十三分，研究苑

《乾坤詩刊》二〇一一年春季號刊載

3 《乾坤詩刊・卷首短論　之一》。

詩與山嶽

——為上天恩賜的山嶽之國而書寫4

我們是島嶼的子民，我們住在台灣的寶島上；台灣是上天恩賜的山嶽之國，全球高山密度最高的一座美麗的島嶼。

我們的台灣，雖屬太平洋中的一座小島，面積不大，但我們四面環海，有豐富的海洋資源，值得珍惜；同時，我們更應該慶幸和感恩，因為我們擁有海拔高達三千公尺以上的百座山嶽，尤其最高的一座玉山，祂是我們心目中的聖山，日日夜夜守護著我們子子孫孫，具有神聖不容侵犯的崇高的象徵意義。除玉山之崇高外，台灣山嶽各具有奇、險、峻、秀，且山容起伏明顯，風貌多樣多變，值得我們用心品讀又讓我們書寫不完。

為慶賀我們國家建國百年，我們規劃「台灣山嶽頌．專輯」，收到眾多詩人踴躍賜稿響應，書寫山嶽詩篇，包括玉山、合歡山、雪山、南湖大山、奇萊山、品田山、石門山等屬於三千公尺以上的百岳高山之外，阿里山、太平山、陽明山、大屯山、紗帽山、半屏山等名山，以及獨立山、大崗山、六十石山等小山，也都有詩作呈現詩人親近山、書寫對山嶽的各種不同風貌、不同體會、不同感受，或歌詠或頌讚，寫出珍貴的詩篇，為我們國家祈福、祝壽，是多麼的令人欣喜！

當然，山嶽詩的書寫，不一定都要非寫高山不可；山應不分高低、大小，有詩則名；山應不分高低、大小，祂們都是我們生命中的守護神，值得我們敬仰和親近。也許，這樣的專輯只是開始，也許這樣的書寫，還未臻於普遍激發我們兩千三百萬同胞內心深處的崇敬之情於萬一，但我們能懷著感恩之心，開啟一種風氣，我們著手做了，相信能引起同好的關注，必定也會激起應有的回應，讓更多對山嶽有深情、有深刻體會的人，都拿起筆來書寫山嶽的詩篇，為上天恩賜的山嶽之國而書寫，為福爾摩莎的寶島而書寫。

這就是我們《乾坤》小小的願景。

二〇一一年四月十三日，研究苑

《乾坤詩刊》二〇一一年夏季號刊載

4《乾坤詩刊・卷首短論 之二》。

詩與鄉土
——為養育我們的這塊土地寫詩5

我在台灣出生、長大，現在也已經算是老了！我深深體悟到，台灣這塊土地對我的重要，和母親一樣。每走過一個地方，都越發覺得她的可親、可愛；每多走過一個地方，也都越發能夠激起我對這塊土地的更多感恩之情。

這是我發自內心的話，絕與政治無關，也絕對與政治人物所說的「愛台灣」無關；我是詩人，我不喜歡政治，尤其厭惡政客的操弄，那種看起來就會令人噁心的嘴臉！

我曾經在多年前想過，我要在我退休之後，安排時間，用自己的雙腳走遍養育我一生的這塊土地，用於表達我對這塊土地的真誠的愛和感念。可是，萬萬沒有想到，我退休之後，已經過了十二三年，仍然還得為現實生活四處遊走！雖然我自稱這樣的生活，是效法孔子「周遊列國」的一種瀟灑的生活方式，但沒能實踐自己所說的願望，終究會有一份深重的負疚之感！

土親人親，寫詩的人應該比一般人更能夠體悟到、這份與生俱來的珍貴感情。詩寫鄉土，就是這份珍貴感情的自然流露。愛鄉愛土，是詩人最根本應有的體悟。這是我區區的想法，希望藉這次《乾坤詩刊》製作「建國百年系列——台灣土地頌・專輯」機會，呼籲生活在這塊土地上的所有詩人們，都關注這個議題，多為養育我們的這塊土地寫詩。
這也是我由衷的祝願。

二〇一一年七月十一日十六點二十七分，研究苑
《乾坤詩刊》二〇一一年秋季號刊載

詩與水果
——為我們天天吃的水果寫詩6

我越來越覺得，我們應該感恩、惜福的東西是越來越多，水果就是生活中不可缺少的一種，是我們應該特別感恩、珍惜的日常食物。台灣水果種類繁多，一年四季輪流登場，永不缺乏。水果的好處很多，每一種水果都有或多或少的相同養分，也有或多或少的不同好處，甚至也有完全不相同的營養；我們身體上所需要攝取的養分，就是需要來自各種不同水果的不同養分，補充各種不同的營養。

台灣堪稱為水果的王國，從春天開始的各式各樣的柑橘、桃李，夏季的西瓜、蓮霧、荔枝、龍眼、鳳梨、芒果、百香果，秋天的水梨、葡萄、柚子，冬天的蘋果等等，還有整年都有的香蕉；儘管這麼多的水果，絕大多數的本來不是我們台灣的原生種，但台灣的土壤、水分、陽光、氣候等，都像我們台灣淳樸的百姓一樣，勤奮隨和，一旦落地生根，都能欣欣向榮，結出甜美的果實，比原來的更美更大更好吃……

詩是來自生活的，我們的生活離不開水果，詩與水果自然有著極為密切的關係；每一個人吃水果的時候，都有各自的選擇與嗜好，也必然會有不同的品味與想像；這其中，自然會衍生很多與人生、世事的甘甜苦澀，甚至是悲歡離合有關。我覺得我們的現代詩，在這方面的投注似乎太少！為我們天天吃的水果寫詩，個人這樣小小的心願和誠懇的呼籲，應該不算奢求；《乾坤詩刊》今年欣逢建國百年，從春季號起，我們規劃四個專輯，分別廣徵書寫「台灣山嶽的詩」、「台灣海洋的詩」、「台灣鄉土的詩」、「台灣水果的詩」，我們感到非常榮幸，每一輯都獲得眾多詩人響應，讓我們一個小小的詩刊，能有機會高高興興為我們的國家一百歲生日寫詩，獻上我們衷心的祝福。

二〇一一年十月十日，研究苑

《乾坤詩刊》二〇一一年冬季號刊載

6《乾坤詩刊・卷首短論　之四》。

談詩卷

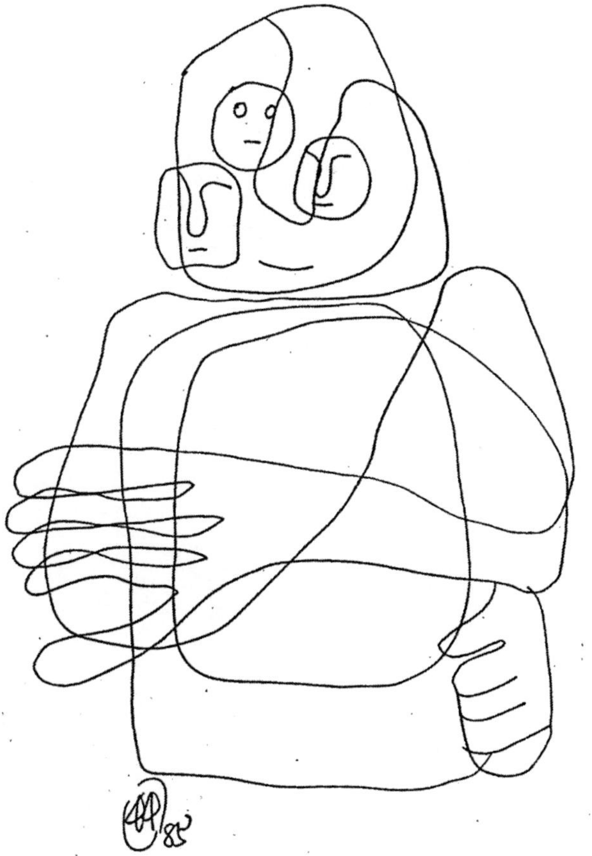

詩，在哪裡？

——一個詩人、畫家、兒童文學作家尋找一座城市的詩[1]

前言：我的，半半哲學

到現在為止，我工作已超過五十年；有一半時間當工人，一半以上的時間當文人；我很喜歡這種：前一半後一半、或左一半右一半的「半半哲學」。在台灣著名的一個旅遊觀光景點、臺北縣瑞芳鎮九份舊礦區老街，我有一間老舊的、礦工住過的小小的房子，早在二十多年前，我買下來整修，由於房子造型不成方正，我將它取名為「半半樓」（一半一半加起來才算完整）；在那兒，我為兒童寫了一些散文和一些詩；足見我對「一半一半」的想法，由來已久。

我認為，我這種想法，算是一種「中庸思想」，也算是一種「中庸哲學」；因為，我看到的這世間、我所瞭解的人生，是永遠沒有所謂「十全十美」，也無所謂的「幸福美滿」；世間，總有紛爭；人生，總有缺憾。就因為世間、人生總有紛爭和缺憾，所以人類需要文學藝術來彌補；任何種族任何時代都一樣，只是精神內涵以及呈現方式，或有不同而已。

從這次講題的副題來看，我的身分好像有點兒特別；其實，說穿了，詩人、畫家和兒童文學作家的身分，對我來說，都是業餘、客串的。更確切的說，我從年輕開始就喜歡詩和繪畫；兒童文學是後來年過三十才開始，只是沒想到它會後來居上，成為我後半生付出最多關注的、一項業餘工作。

喜歡詩、畫和兒童文學，我稱她們是我的「最愛」；她們讓我找到了人生的重點，從她們得到了許多好處；她們也同時帶給我許多海內外的朋友。有了她們，我離開報業職場之後，仍然有著做不完的事和上不完的課，並且可以讓我藉機會做我的「人生畢業之旅」；我稱這樣的生活方式，叫作「周遊列國」。

這次很榮幸，能有機會到貴校來擔任首任「駐校作家」，在我人生畢業之旅中，是相當重要的一站；如果沒有她們的話，我該不會有機會走進貴校、世界著名大學來，更何況是站在這兒和大家見面，課餘又可以天天在百年名校的校園中，自由自在的走動；在感謝她們以及提攜我的朋友們之餘，突然覺得我也是這兒的一名新進的學生；天天到學校，天天在學習，也天天都有所發現、有所進展。

「我的，半半哲學」，其實就是我的人生態度；雖然這種想法不是與生俱來，但現在最少可以說是我很重要的一種想法；這種想法，我說它是屬於「中庸思想」，就是不偏左也不偏右的意思，也可以稱之為「適應哲學」；不偏激，保持清醒，有自己的想法，永遠在學習，也永遠在修正……

當一個業餘詩人、畫家、兒童文學作家，比較有些輕鬆自在的感覺，所以我喜歡用「詩人」、「畫家」、「兒童文學作家」三位一體的眼睛、心態、思想，看這個紛擾雜亂的現實世界。現在，就言歸正題，分別以「詩人」、「畫家」、「兒童文學作家」這三重身分來報告，談談個人是以什麼樣的一種眼睛、心態和思想，在香港這座國際一流的名城裡，尋找一座城市的詩。

詩人，是什麼樣的人？

詩人，應該是一個什麼樣的人？

詩人，要不要工作、吃飯、睡覺？

在我的想法裡，詩人應該是一個極為普通的人，他要過一般普通人要過的生活，他也要做一般普通人要做的事情；他會有一般人都會有的愚蠢，他也會犯一般人會犯的錯，他更會有一般人都會有的很多不懂的地方；不懂，就容易引起誤會或讓人瞧不起，或不受歡迎，或厭煩，甚至於咆哮……等等；我三月三號下午，在堅尼地城電車總站上電車時，以為和坐大巴一樣，一上車就得先拍八達通，沒想到那位粗壯的司機，面無好色，用廣東話衝著我大聲咆哮；我不懂他說了什麼？我犯了什麼錯？嚇得趕緊往後退，不敢上車；後來才有人告訴我，下車再拍；

讓我虛驚一場！所以，諸位別以為你頂著詩人的光環，就能夠到處風光。

我常有出國的機會，但我不懂外文，包括許多各地方言；因此，我學會了謙虛，立志要成為一個有教養的人；不管在哪兒，我都是一個「新生」，一個學習者；學習、認識所有我不懂的東西；多用眼睛看、多用耳朵聽、多用心想，少用嘴巴說話。

其次是，要把自已單純化，越簡單越樸素越隨和越好，要做到隨遇而安；凡事都儘量靠自己，少麻煩別人；也別給朋友添麻煩；這是我作為一個普通人的基本原則。當然，作為一個詩人的時候，（我說的是，當我要寫詩或在寫詩的時候；不寫詩的時候，我就是一個普通人。）我就可能會有些跟一般人不完全一樣的地方；因為我，要有自己的想法。

因為要有自己的想法，詩人可能會短暫的變成一個古怪的組合體；他一有了自己的想法以後，他想發揮自己獨特的想法，他看東西想事情，就會從許多不同的角度、不同的聯想去看所有的事物或問題。譬如：

詩人，也許不一定是思想家，但他也可能會有思想家的想法；
詩人，也許不一定是宗教家，但他也可能會有宗教家的想法；
詩人，也許不一定是教育家，但他也可能會有教育家的想法；
詩人，也許不一定是政治家，但他也可能會有政治家的想法；

詩人，也許不一定是革命家，但他也可能會有革命家的想法；
詩人，也許不一定是發明家，但他也可能會有發明家的想法；
詩人，也許不一定是科學家，但他也可能會有科學家的想法；
詩人，也許不一定是藝術家，但他也可能會有藝術家的想法；
詩人，也許不一定是美學家，但他也可能會有美學家的想法；
詩人，也許不一定是語文家，但他也可能會有語文家的想法；
詩人，也許不一定是企業家，但他也可能會有企業家的想法；
詩人，也許不一定是慈善家，但他也可能會有慈善家的想法；

詩人，也許不一定是母親，但他也可能會有母親的想法；
詩人，也許不一定是老人，但他也可能會有老人的想法；
詩人，也許不一定是小孩，但他也可能會有小孩的想法；
詩人，也許不一定是少女，但他也可能會有少女的想法；
詩人，也許不一定是情人，但他也可能會有情人的想法；
詩人，也許不一定是乞丐，但他也可能會有乞丐的想法；
詩人，也許不一定是工人，但他也可能會有工人的想法；

詩人，也許不一定是農人，但他也可能會有農人的想法；
詩人，也許不一定是礦工，但他也可能會有礦工的想法；
詩人，也許不一定是漁夫，但他也可能會有漁夫的想法；
詩人，也許不一定是醫生，但他也可能會有醫生的想法；
詩人，……

詩人，也許什麼都不是，但也有可能什麼都是；因為他必要的時候，都可能會化身為各種角色，為各種他所關心的人，或事、或物、或問題，去設想，去發出他內在的聲音。

畫家，是一個什麼樣的人？

畫家，應該是一個什麼樣的人？
畫家，只是一個會畫畫的人嗎？

因為我是寫詩的，是以詩為重吧！對繪畫就有些冷落，有些不公平；不像詩那樣天天都膩在一起。寫詩和繪畫，都是我年輕時同時愛上的；但寫詩，只要手上有支筆有張紙，隨時隨地就可以進行，不必花什麼錢或太多的時間；但從事繪畫創作，就有很大的不同；畫畫，它需要顏料、畫紙、畫布、畫架，還要有一定的空間、整段的時間；我是學西畫、畫油畫的，耗費材料比較多；我的經濟條件不足，時間不夠，未能克服這些限制；但我對她的喜愛，五十年仍然不變，只是在方式上有所不同而已。對繪畫，我看的、想的，比畫的還多；但基本上，我還是常常在思考，如何求新求變；因為，作為一個文學藝術的創作者，他的創作生命，是必須在不斷求新求變中成長；否則就會老化，僵化，死掉！

詩人和畫家，他的內心世界，基本上，我認為是孤寂的，他必須先熬得住「孤寂」這一關；要是他該吃苦的時候，就得自己默默吃苦，不能怨怪這個現實社會對他不公、沒給他榮華富貴的享受。所以，長久以來，我養成了一種「認命」的思想，有悲有苦，自己承擔。

我曾經寫過關於寫詩的一篇文章，認為「寫詩是折磨自己」。後來，有朋友跟我說「寫詩也是琢磨自己」，我覺得很有道理；我們的方塊字就是這麼奇妙，換一個字，改變一種說法，意思不一樣，境界完全不同。日前走過軒尼詩道，看到兩面招牌，很有意思；（一面是「頭頭是道」，理髮的；一面是「知粥嘗樂」，賣粥的；都很有創意，很有幽默感，令人會心一笑，留下深刻印象。）所以，從事文學藝術創作的人，我認為要有幽默感，要不斷調整自己的觀念；改變自己的想法和做法，目的是為了做得更好；給人家好處，也給自己好處；寫詩、畫畫如此，做人做事也當如此。

作為一個業餘的繪畫藝術愛好者，對於繪畫與詩，我是把她們當作一對好姊妹，可以互相陪伴，有互補的作用；當我不能寫詩的時候，我會藉繪畫來思考，或藉繪畫的遊戲行為改變僵化的創作心態；放鬆心情，是有助於詩的創作。我近年提倡「玩文字・玩寫詩」，這種想法，和繪畫創作有關。在從事繪畫的活動當中，我的遊戲心態比較重；近年我創發的「撕貼畫」，就是一種遊戲心理的展現；在隨意性的撕貼、繪畫過程中，我得到一些啟發和滿足；有時甚至詩和畫都可以同時完成。這樣的創作方式，和單獨寫詩的創作所得到的，有不同的情趣和成果；這是文學藝術創作上的一種微妙關係。

寫詩的人，被稱為詩人，畫畫的人，稱他為畫家，是沒什麼好計較的，也應該說是一種天經地義的事；不論他是否成為專業、有無特殊成就，都不是重要；重要的是，對他自己有什麼重大的作用。寫詩，我本不是專業，卻已成為志業；畫畫，本來也只是我業餘之業餘的喜好，現在卻也都成為我生活中的一種遊戲。因此，比真正要作為一個職業畫家，我是沒有那麼沉重，也不覺得有什麼可以汗顏的；但把作為一個畫家所應具備的，對色彩、線條、空間、結構、濃淡、疏密、遠近……審美觀念，這些因素考量加在詩的寫作裡，即使不寫詩的時候，我也會習慣性的借畫家的眼光、心情，去觀看一草一木一花一石，以及現實社會、人生。

作為一個畫家，總要對色彩、線條、構圖、造型、空間……比較敏感，比較在意。

兒童文學作家，又是一個什麼樣的人？

兒童文學作家，又該是一個什麼樣的人？

兒童文學作家，他只是為兒童寫文學的人嗎？

貼近兒童，是當一個為兒童寫作的人不可沒有的想法和作為。要做到「貼近兒童」的事情很多，不是嘴巴說說而已；要不斷的去做，凡與兒童有益的事情；很多很多……不勝枚舉。

當我們是孩子的父母的時候，每個人都會自然而然的把最好的拿給他們；這是天性還是愛心？最常聽到的話是，有人說，為兒童寫作的人，要有童心和愛心；「童心」對孩子來說，是與生俱來的，毋須學習；對成人來說，大都已經喪失了！

要如何才能擁有「童心」和「愛心」？我的答案是：可以向兒童學習。

兒童什麼都不懂，要向他們學習什麼？成人總有成見，認為兒童什麼都不懂，其實是錯的；有不少成人的事，兒童最好是不必提早去懂；正因為他們不懂成人的事，才不被成人的現實、功利等等惡習影響，而保持純真和善良的天性；兒童是有權利無憂無慮的，過他們應該有的、快樂的童年生活。因此，兒童文學家林良說：「一個人的童年時間，越長越好。」成人當然就不應該剝奪兒童的童年；反過來說，成人應該要有積極的作為，主動維護兒童的童年。

「童心」、「愛心」就是純真、善良的本性，向兒童學習純真、善良，是兒童文學作家首要的工作；一切從兒童本位出發，給他們最好的最優美的東西，是每個成人的責任；兒童文學作家當然要有這份認識，並且要嚴格要求自己，努力去學習，還要努力去實踐。

此外，兒童文學作家還要向兒童學習遊戲心理；遊戲是兒童的第二生命，也是兒童與生俱來的天賦。這是「貼近兒童」很重要的一部分，作為一個兒童文學作家，遊戲心理是不可少的；我認為比文學的表現技巧還重要。兒童文學作家如果不具備遊戲心理，很可能寫出的作品會變成嚴肅的說教的東西；兒童讀者對這類作品的閱讀興趣，向來是缺缺的；有了遊戲的心理，兒童文學作家的筆下一定會輕鬆起來，有趣起來；這樣的兒童文學作品，有「兒童味」，兒童才會認同，而樂於接受，讀來才會津津有味。兒童文學有豐富的內涵，才能在孩童的心裡產生潛移默化的陶冶作用。

兒童文學是「愛的文學」，不是「教化的文學」；是「美的文學」，不是「嚴肅的文學」；是「智慧的文學」，不是「教訓的文學」。

兒童文學作家要有好奇心，對什麼都感興趣；有好奇心，就會有所發現；別人認為平常的，他有好奇心，能發現別人沒有發現的、能想到別人不容易想到的，就能處處發掘寫作的新題材。因此，我認為從事創作的人，必須到處走走看看，不能只憑想像，閉門造車；創作的人，是在現實中生活的人；做學問的人，是可以在書房裡看書的人；各有不同的苦要吃，各有不同的方式要去克服；要成功，每個人都在盡自己最大的努力。

結語：詩，在哪裡？

從二月十九日下午三點走出機場，到現在為止，我在香港已經住了二十四天；這二十四天，我幾乎天天都出去走一走；為了要實踐自己的想法，用腳和眼睛認識香港這座獨特的城市，尋找寫詩的題材，我走過很多街道；以步行來說，最遠我從筲箕灣電車總站走回般咸道YWCA我住宿的地方。以搭電車來說，有一趟從堅尼地城電車總站坐到筲箕灣終點。以走路漫步、逛街，走走停停，東張西望、左看右看，上看下看，白天看晚上也看，還不停的抬頭仰望；仰望高樓、仰望天空，仰望早已飛過而已經失去鳥兒的天空；這一趟我大約花了六個小時，中間是有坐下來休息，也好好的吃了一餐飯。您們一定會很好奇的想問我：

你，看到了什麼？
你，想到了什麼？
你，有沒有找到詩？

我的答案是，不會讓您們失望。但我的結語，我覺得不宜太長。所以，暫時不能告訴大家，我找到了什麼樣的詩的感覺，寫下了什麼樣的詩；我只能很簡短的說：

詩，在現實裡；
詩，在生活裡；
詩，在感覺裡；
詩，在我心裡。

二〇〇八年三月九日九點四十三分，在香港大學中文學院三二二研究室

1 「駐校作家演講稿」，二〇〇八年三月十三日，十七點至十九點，香港大學王賡武講堂。

詩，在我心裡

——二〇〇八年春天，我在香港找詩……

一

今年二月，剛過春節我就離家遠行，去了香港。要走的那幾天，心裡有些異樣的感覺；一方面是想去接受一項新的考驗，也是新的體驗——應香港大學邀請，擔任駐校作家；既有期待，又有點兒擔心；從來沒有一個人在外獨自生活，到時候日子不知要怎麼過？不是旅遊，不是一天兩天，而是兩個月。

另方面，家有百歲老媽在養護院，去年兩度進出醫院；一次在七月，一次在十二月；每次進出都在加護病房待上十來天，加上在普通病房療養，就有兩三個禮拜，因此十分擔心；而且，一個家庭總還有其他成員、其他事情要牽掛，我只有平靜的把這類林林總總的心事假裝「放下」。其實，在打包行李時，我都一樣樣可能想到的人、想到的事、想到可能發生的情況，都預先裝進心裡；心裝不下了就塞進行李箱……

春節那陣子，臺北是相當寒冷的，尤其我住在汐止山區，氣溫經常在十度以下；更加重了我的行李、心裡和心理負擔。

二

我是二月十九日下午三點半抵達香港，第二天下午才到港大中文學院報到；在秘書處簽訂一份「駐校作家」合同，正式成為港大首任駐校作家。合同的內容載明我應該履行、遵守的一些義務和活動；主要活動和工作，包括演講、授課、評審和寫作。中文學院給我一間專室，編號三二二，在中文學院三樓，是我在港大兩個月期間獨自擁有的專屬研究室，任何時間我都可以自由進出；它比我在ＹＷＣＡ住的房間還寬敞些；有書桌、書架、書櫃、電腦、電話和空調。此外，也很重要的是，還有很大的一片窗戶，佔據整片牆，又面向中庭，有很好的採光，視野廣闊，我經常是不開燈就能夠閱讀或操作電腦；中庭有水池，有高高直立的椰子樹和其他花木；再往上看，可以看到古典的鐘樓……

中文學院辦公室及各學系所使用的房子，稱為香港大學本部大樓；採歐洲後文藝復興時期的建築風格，用紅磚及花崗石建造，正面以四座塔樓連接，中央就是那座古典的鐘樓，是港大歷史最悠久也是目前最漂亮的一座建築。大樓中央禮堂以陸祐堂先生命名，紀念他早年對香港大學的捐助。

有一回，我走進設在半山區衛城道七號甘棠第的「孫中山博物館」參觀，無意間看到掛在牆上的一張放大的老照片，才知道一九二三年國父孫中山先生曾在港大陸祐堂演講過。這座有百年歷史的古建築，香港政府康樂及文化事務署古物古蹟辦事處編印的《中西區文物徑地圖指南》，載有圖鑑註明一九八四年政府已列為法定古蹟。想到每天都有機會在偉人走過的地方進進出出，內心的感受自然會產生一些不同。

三

在「駐校」的重點工作中，我把演講和寫作這兩項工作看成是最重要的事。演講有兩場，一場院內，是小型的，對象是中文學院教授及博、碩士生；我的講題訂為〈六行小詩之美〉；小詩用的是我自已現成的作品，但為配合演講，我用電腦寫了兩篇短文：〈談小詩——從冰心的《春水・繁星》談起〉和〈六行小詩之美〉。另一場公開演講，是大型的，全校師生及外界人士都可自由參加；在校內王賡武講堂舉行。這場演講的講題和講稿，是我報到之後第二天擬訂，可說是我重點工作中的重點；我把講題〈詩，在哪裡？——一個詩人、畫家、兒童文學作家尋找一座城市的詩〉擬定之後，我決定要用腳和眼睛去認識香港、看香港，並傾注全力去做好準備。

我是一個喜歡寫詩的人，我必然能有不同於一般人的看法或想法；
我是一個喜歡畫畫的人，我也必然會有不同於一般人的看法或發現；
我是一個喜歡為兒童文學工作的人，我也必然會有兒童的觀點……

這是我為演講稿訂副題的用意，表明我將用這三種身分所融匯的心理、眼光去尋找屬於香港的詩。因此，在港大「駐校」的兩個月期間，走路看香港，就是我日常的生活和工作。

四

我的兩場演講都排在同一天──三月十三日；這對我來說，是滿好的，可以一天解決兩項遲早都必須面對的事，很乾脆。

上午十一時至十二時是院內的，我自己將它定位為一種報告；由中文學院楊主任玉峰博士主持，參加的人不多，十來位而已。會後楊主任做東，邀請院內十多位教授一起餐敘，等於介紹我和他們見面，平時大家都忙於授課、研究、指導學生。下午一場是公開的，時間在五點至七點，由校友會主席胡國賢（詩人羈魂）主持；校內貴賓有中文學院前主任單周堯教授、黎活仁教授等蒞臨，校外有香港浸會大學文學院院長鍾玲、香港中文大學圖書館館長黃潘明珠，以及著名詩人蔡元培、葉輝、鄭煒明、譚福基、吳美筠、楊慧思等；此外還有多位港大教授、校友以及校內校外學生等約三百餘位與會；其中還有三四所中學師生六七十位參加。

五

從二月二十日到三日十三日，我有二十三天的時間做這兩場演講的準備工作。我把大部分時間和心思，用在如何撰寫〈詩，在哪裡？〉這篇講稿，並努力學習用電腦打字，將用腳走路、用眼睛看香港、用數位相機拍照做成演講時的簡報ＰＰＴ投影片；這些我原本都不會的，但我利用這段時間學習，自己摸索，一一克服。因此，常常熬夜，弄到凌晨三、四點。終於，在三月九日上午十點多，我完成一篇七千多字的講稿和一輯我捕捉各種不同角度、可以入詩的三十幾張香港城市意象的照片，製作成簡報投影片。

六

〈詩，在哪裡？〉不僅是我演講稿用的題目，也是我在港大「駐校」結束後半年內要提交的成果報告所要探索的重大課題，是一定要有答案的；雖然港大沒有規定我要繳交作品的數量和文類，但面子問題，我自己不能不給自己面子，是不能成為不負責的提問；我這樣提問，自己應該很清楚：答案在哪裡就是詩在那裡。所以，我在講稿的結語中，已經明確寫道：「詩在現實裡、詩在生活中、詩在感覺裡、詩在心裡」；雖然那個時候我還未動筆寫下任何與香港有關的詩作，但根據這段時間，我天天遊走所觀察、發現、感觸、感受的經驗，我是有信心可以寫出不少和香港有關的作品；同時，為了實踐我自己近年有意提倡六行以內的小詩寫作、探索六行小詩的新美學，我決定採用六行以內的小詩形式來處理這部分作品。

四月三日清晨六點半起床，開電腦處理電郵，並開始寫詩，而且一口氣到中午就用電腦寫了五、六首小詩；這不能不說是一個好的開始。此後，我陸陸續續的寫，到了四月十八日上午，我即將離開香港前往上海時，已經寫下了將近三十首小詩。

可是，我的運氣並非一路都平平順順，甚至還有可以稱之為「多災多難」的意外發生；因為這期間，我曾經有一次失誤，未把已經寫成的十多首小詩儲存好，結果一彈指之間，電腦影幕一閃，十多首小詩全都不見，讓我一時心急、沮喪，冒出一身冷汗！

後來，經過數天冷靜思索，陸續從記憶底層找回大約七成作品；至今想起，還感到相當懊惱！

七

四月二十九日在廣州，好友班馬一大早開車送我到車站，搭廣九特快前往香港，結束我在上海、張家港、常熟、金華、杭州、廣州等地，兩個禮拜馬不停蹄的訪友、講學和旅遊。

廣九特快從廣州東站發車，九十分鐘就可以抵達九龍紅磡車站；我中午前就到了香港。晚上九點多搭機，午夜才回到我七十天不在的家裡；而我，一生註定勞碌吧！一回到臺北，第二天就開始一連串的工作，有文學獎評審、開會、講學等；最重要的是，趕快回故鄉礁溪竹林養護院看媽媽。媽媽有專業的養護工悉心照料，感謝上蒼保祐，一切都安好。

忙，已經不是藉口，我似乎有做不完的事情。直到六月六日，我才有空檔處理在香港寫的那些小詩的草稿；經數度修改補寫湊成三十首小詩，題為《般咸道小詩抄》上卷，我分別利用電郵呈交港大校友會主席胡國賢、委員王麗瓊及中文學院楊主任玉峰博士、駐校活動計畫執行教授黎活仁博士和他的助理、研究生史言君等。

我把這部分作品當作是我擔任港大「駐校作家」的第一份成果報告，是因為我還打算再寫三十首小詩作為《般咸道小詩抄》下卷；此外，我還有圖文詩（我利用數位相機拍了大約三千張圖片，要挑選三十張來寫詩）、散文、日記等寫作計劃，相信可以完成一本書，為自己生命中不曾規劃的這段香港生活留下美好的紀錄。

二〇〇八年六月二十四日，七月九日定稿

附錄：

《般咸道小詩抄》上卷三十首（含序詩〈甜蜜的旅程〉計三十一首），已於《新原人》季刊發表，這裡摘錄四首題目有「香港」字眼的作品，與讀者分享和請益：

〈香港的春天〉

斑鳩們和我一樣，習慣早起
才五點半，就在霧裡呼叫：
春天都是這樣嗎？

春天是哪樣就該是那樣，
香港的春天也是這樣；
霧濛濛、天濛濛，沒什麼兩樣！

〈**香港的天空**〉

香港的天空，是拼貼的
有多少高樓多少廣場多少街道，
就有多少片天空。

登上太平山頂
抬頭仰望，原來還是原來的
盤古那片天空。

〈**香港的路**〉

香港的路，有直的
但直的不長，長的不直；
這是學問。

彎來彎去，上坡下坡
是香港特有的路；
是哲學，也是美學。

〈香港很小〉

香港很小，不！
你不能用直線量它；
香港的大，在立體
在點和點之間的曲線；
不斷繞來繞去，上坡下坡的路
從西區到東區，畫出港島千萬里

二〇〇八年七月二日十一點四十九分，研究苑

從文字創作轉換到繪畫創作的過程

——兼談我的文化理想和想像[2]

前言

大師畢卡索說：「我兒時就能畫得和大師拉斐爾一樣，但我一生卻都在學習如何畫得和兒童一樣。」

我年輕時開始學習寫詩、畫畫，總想能寫或畫得和大師一樣，但半輩子、五十過去了，我還是無法做到！於是，從二〇〇三年四月，在香港教育學院一場「童詩童話學與教研討會」專題演講上，我提出了：「玩文字、玩寫詩、玩心情、玩創意」；從此我便將詩與繪畫聯結在一起。

本文「從文字創作轉換到繪畫創作的過程——兼談我的文化理想和想像」，就是想從「遊戲」概念出發，以「愛」為哲學理念，探索詩和繪畫的美學。

一、我的詩畫因緣

我年輕時很鬱卒、徬徨，不知前途在哪兒？工作只是時間到，安份守己去上班，下班時間到就回家，安份守己的回到自己的家；每月十五、三十，領兩次薪水，按時交給家人，全家人就有飯吃。當然，每天都得省吃儉用，否則就會斷炊。結婚後，孩子一個個冒出來，多到一隻手伸出來就得動用到每根手指頭，才能一一數到所有的孩子。那時候，我曾經多次進出過幾家當鋪……

我曾經有一本薄薄的詩集，叫《現實的告白》（一九八五・十二・一，臺北布穀印行），自己做插畫；事後才發現，我所做的插畫，為什麼每一幅都跟我當時的現實狀況那麼相像？彷彿就是我那當下的心境，一點也沒有隱藏，赤裸裸的就呈現出來！再檢視這之前出版的兩本詩集：《歷程》（一九七二・九・二十二，臺北林白印行）和《公路邊的樹》（一九八三・六・六，臺北布穀印行）也都是自己做插畫，現在拿出來一一對照，也似乎都是我那當下的心境的寫照；我這個人大概就是這麼「單純」、「真實」，從一開始就不懂得隱瞞。

詩和繪畫，我認為是很好的「測謊器」；如果你懂得解讀、做心理分析，它們一定可以提供你可靠的訊息。

詩和繪畫，對一個專注而又「無心機」的創作者來說，她們應該是最好的戀人；不會變心，不會背叛。

詩和繪畫，我因此把她們當作我永遠的愛人；她們都是我在年輕時就同時接觸、同時親近，也同時學習的。沒想到這兩樣一般人都視為「無用」的東西，卻救了我這蹩腳不如意的一生，能使我在屢次碰到挫折時，都能免於沮喪、免於沉淪，她們拯救我，是我生命之舟在人生汪洋大海中、幫我渡過諸多災難的兩根重要的槳。我雖無力成為專業詩人、也沒有成為職業畫家，但她們始終都不離不棄、長相左右，一路呵護，長達半世紀以上。

從什麼時候開始，我發現詩和畫可以互相幫助，可以積極找到聯結？

從事寫詩、畫畫，甚至工作、婚姻的選擇，我一向不知不覺，後知後覺；我常常是憑著感覺走；或許，這就是人生冥冥之中的一種宿命！生命中該有的那種不得排拒的東西，我碰上了就得勇於接受、發揚光大。

我書讀得太少，這是相當遺憾的事。小學畢業之後，我就不再走進正規學校；倒是之後有幾所函授學校，把我從學生身分變成「教師」。年輕時，那年代，我能讀到的詩與繪畫的專著不多，沒有什麼管道可以取得，靠自學是相當的吃力；主要的是，這方面的同好朋友不多。尤其詩與繪畫的相關論著，如果那個時候，我能多涉獵些古今中外、西方現代思潮，說不定我可能會開竅得早些。我想，缺少學院應有的基礎訓練或養成，以及自身資質不足，是決定自己發展的關鍵；這對我來說，是很明顯的不可改變的宿命。好在，要想作為一個不按「規矩」，想從事創作的人，我認為我的骨子裡，從小就有一份不墨守成規的「叛逆性」，可以走出一條屬於「自己的路」；詩和繪畫這兩樣屬於「創作」的「思路」，正好都需要這樣的「叛逆」性格。至於做不做得徹底，那攸關個人才具、膽識和魄力。

我應該是屬於「創新」中的一種「保守」。

二、我的童詩與繪畫的關係

從詩和繪畫找到聯結，對我來說，應該是很重要的蛻變契機。雖然我並不能很明確說出從什麼時候開始，但我還是可以從我專意為兒童寫詩，找到一些蛛絲馬跡。本來，寫詩就必須如王維所說的，要做到「詩中有畫，畫中有詩」。從一開始學習寫詩，我就知道詩應該多以形象語言來呈現，要重視詩中的「意象」；雖然不一定有能力可以做得到、做得好，但必須以此做為努力的目標，這我倒是很早就體會到了。

我專意為兒童寫詩，始於一九七三年春。那時，我寫「成人詩」已逾十年；當時，正逢我們一批年輕詩友創辦的《龍族詩刊》停刊不久，同仁各奔東西，有的出國留學，也有的派到國外工作，我還是原地踏步，只能在工廠裡做工，個人的情緒有些低落、沮喪，因為我想念我的這些朋友；我們「龍族」同仁一向相處得很融洽，像兄弟手足一樣。就在這個時候，經過一段沉潛之後，我自己決定要為兒童寫詩，讓我自己「回到童年」，尋找心靈的故鄉，企求獲得一些慰藉；而這時候，也恰好洪建全文教基金會公佈辦理「第一屆洪建全兒童文學獎」徵稿，我便按規定積極寫作二十首童詩，總輯名為《妹妹的紅雨鞋》應徵。事後雖然只得「佳作」，但我並不氣餒。往後數年，我還年年參加。而這本《妹妹的紅雨鞋》（純文學，一九七六年十二月版），從此卻成為我的「幸運的符碼」，好運的象徵；曾於一九七八年和我的第一本童詩集《童年的夢》（光啟社，一九七六年四月版）獲得中山文藝獎（兒文學類），接著一九九九年一月，由富春出版中英文對照版（黨醒然英譯），二〇〇六年一月又在中國大陸湖北少兒社出版增訂本，厚達三百餘頁。

我真正應該進入正題的是，我如何在這本童詩集中，把「從文字創作轉換到繪畫創作的過程」，做一些交代：先拿詩來說，然後再舉繪畫作品為例。

在《妹妹的紅雨鞋》童詩集中，有〈影子〉（北京人民教育出版社編印《義務教育課程標準實驗教科書語文・一上》，二〇〇一年六月版，每學年會有五千萬學童閱讀）、〈妹妹的紅雨鞋〉、〈蟬〉、〈花和蝴蝶〉等首，二、三十年來好像已成為我的「品牌」；經常有學者專家論及，也被選入兩岸三地的語文教科書中。以〈花和蝴蝶〉為例：

花是不會飛的
蝴蝶，蝴蝶是
會飛的花。

蝴蝶是會飛的
花，花是
不會飛的蝴蝶。

花是蝴蝶，
蝴蝶也是花。

（收入《花和蝴蝶》民生報二〇〇七年版）

此詩寫於一九七三年。其實，這首童詩我只用一個很簡單的譬喻，以迴文頂真的修詞學，捕捉文字的趣味；這其中，我個人最感到滿意的是，我發現了「花和蝴蝶」的相異與相同，而且我從未看到前人如此寫過，這給自己很大的啟發。往後我寫兒童詩，都更加留意「意象」的塑造和運用。

我的詩風是明朗的，為兒童寫詩，為的是不讓小讀者有閱讀上的障礙，但在淺白當中，應該給出「詩味」，讓他們讀後能有如已故美國桂冠詩人佛洛斯特（Robert Frost）所說的：「讀起來很愉快，讀過之後感覺自己又聰明了許多，那就是詩。」這也是我多年的堅持，包括為成人寫的詩，我的「語言」都是極為淺白的；就像我日常生活習慣，只喝白開水。

再舉一首後來寫的〈鳥和海〉，自己很喜歡，別人也喜歡，曾選進臺北縣政府教育局編印的《春江水暖鴨先知》（北縣國民中小學韻文教學補助教材三，二〇〇九年三月出版）。〈鳥和海〉：

鳥向海借來波浪，
海也向鳥借來翅膀；

鳥有了波浪，
就隨著海洋升降；
海有了翅膀，
也學會了飛翔。

鳥不停的鼓動著波浪，
海也不停的鼓動著翅膀；

從此，鳥和海永遠在一起
　不停的飛翔……

三、我的成年詩與繪畫關係

為成人寫詩，除了創意和思想性之外，也無不應該同樣要重視詩中的畫面（意象）和音樂性；此舉我去年很榮幸受邀在貴中心舉辦「杜鵑花季詩歌節——五行跨界藝術超聯結」時，想盡辦法完成的一組《五行戀歌》（組詩，共五首，每首各五行，以「金、木、水、火、土」五行元素為主題；這個主題相當知性，對我來說，原本是很不容易處理的，但令我感到欣慰的是，我順利將它轉化成感性，以「戀歌」方式來完成，並且在同年的四月十四日發表於《中國時報》人間副刊，又獲選為二〇一〇年《臺灣詩選》；這對個人來說，是滿大的鼓舞。在這兒只舉其中一首〈水之戀〉為例：

不能沒有妳，以純真透明
從太初至太虛
至太古

不能沒有妳，無色無垢
真誠愛妳，不容懷疑

我以「虔敬」的心意，為「水」禮讚；我認為在宇宙浩瀚的五大元素之中，水是最重要的一種元素，是宇宙萬物不可或缺的重要元素之一。我以「戀歌」方式，抒寫人類共同的情感，目的希望把它看得最重要；男女愛戀，乃天經地義，自當把這份感情看成是最神聖的，不得兒戲，彼此相親相愛，就不得傷害。

回想數年前，二〇〇四年吧！美國攻打伊拉克，我寫了一首反戰詩：〈我，胡思亂想〉。這類反戰詩；早年越戰時，我也寫過不少（見《斑鳩與陷阱》臺北田園出版社，一九六九年八月版）。當一個詩人或藝術家，我強調，人道主義思想的重要；基本上，每個詩人、藝術家都應該是「人道主義」的擁護者，要有悲天憫人的胸懷。這種思想，最好能成為他長期創作的文化理想和想像，時時喚醒世人的良知。

寫這首詩時，我還在媒體工作，天天看著報紙的報導，實在壓抑不住心中那份澎湃、不平、焦慮的牽掛！但我不能把詩寫成呼天搶地、那類直白的東西，因此我試以「冷眼旁觀」的敘述方式，攫取社會普遍看得到的現象，一個片斷一個片斷的，個別看似不相關的鏡頭，用類似電影特寫放大的「蒙太奇」手法，拼貼組成；從單純的一個畫面一個畫面，進行到一行文字一行詩，最後才演進堆疊成一首詩。

這首詩，在「聯副」發表之後，被聯合報系公關組看上，徵求作為形象廣告，用大幅看板（約有十五公尺長乘以一點五公尺高），裝置在臺北捷運中山地下街、重要路段，長達半年之久；我想走過的人，會不知不覺，或多或少瞄它一眼，或駐足多看一下，肯定比報紙媒體一日見報所看的人多些，這也算是詩這類「無用」的東西，有時也會變得有用吧！因此，寫詩畫畫的人，多少有些阿Q，很單純，總希望自己的作品，哪天有機會會被看上。也或許是百年之後吧！那又何妨？我的〈我，胡思亂想〉是這樣的：

我，冷眼旁觀：

一對青年男女，當街擁抱
——是一行詩。
一個少婦牽著一個學童，在紅磚道上漫步
——是一行詩。

一個衣衫襤褸的街民，在垃圾桶裡翻找食物
——是一行詩。
一個老人抱著膝蓋，蹲在地下道陰暗處打盹
——是一行詩。
一個妙齡女郎露著肚臍眼，站在十字路口等綠燈
——是一行詩。
一個喝得爛醉的男人，躺在陸橋底下
——是一行詩。
一個攤販拿著紙筒喇叭，攔截路人叫賣女性內衣
——是一行詩。

美國飛彈轟炸巴格達市區，在電視螢幕裡瘋狂燃燒
——是一行詩。

我，胡思亂想，眼淚淅瀝嘩啦——
是一首詩。

（收入《翅膀的煩惱》，爾雅二〇〇八年一月版）

我會選擇用這樣單調的手法來寫，潛意識裡，無非想把詩和繪畫聯結起來，讓讀者具體感受、看到實際的畫面一樣；像電影，讓觀眾能在當下就一一看到；自然也希望能留下深刻的印象，以至於潛移默化。

詩和繪畫，即使在寫最短的一首小詩裡，我也同樣會重視「畫面」和意境的問題；我有一首七個字的最短的小詩，題為〈空〉，是用極簡的方式處理；請大家不吝指教：

鳥，飛過——
天空

還在。

（收入《分享・孤獨》，二〇〇七年一月唐山版）

四、我的畫與詩的關係

現在，我該談談我的畫吧！

年輕時，在繪畫的學習上，我先後拜師師大美術系兩位畫家教授；第一位是擅長畫貓的水墨國畫家鄭月波教授，從素描基礎開始教我們。大約兩三年後，他應聘赴美教書，便推薦油畫家張道林教授，繼續教我們素描，但也開始讓我們學畫油畫。這兩位繪畫的恩師，對我們業餘學生，都給予很大的自由；素描畫得比例不對，都耐心一筆一畫現場進行修改，讓我們很快知道問題出在哪裡。畫油畫，也讓我們自由塗鴉；我最常畫的是「不是違章建築」，卻永遠變成「違章建築」。但老師還是寬容接受。

我們學畫每週一次，三小時。這樣上課前後大約有十年之久。張老師也應聘赴美聖保羅大學任教，就結束了。從此，我個人只斷斷續續保持與繪畫藕斷絲連的關係；因為繪畫在現實生活中，沒有迫切需要，個人經濟和時間都不太允許，看得多畫得少，甚至不敢花錢買油畫材料，但技癢時，只好改變繪畫素材，抓到什麼就在什麼上面作畫。

我的繪畫歷程，最初從油畫開始，後來改做壓克力畫，再後來是紙板線畫，尤其作為詩集插畫；再再後來，很偶然在韓國首爾朋友金泰成教授家，我突然玩性大發，把他因搬家要丟棄的舊雜誌、畫報拿起來做「撕貼畫」，而且做得很順手，也有很好的趣味性，以及有一般繪畫所不容易得到的意外效果。

去年，我又恢復多年不用的壓克力顏料做畫，因有畫廊老闆鼓勵，還非常隆重的為我舉辦《貓樣——林煥彰繪畫創作展》（二〇一〇年十二月二十五日起，為期一個月），並出資編印一本相當大方的畫冊《貓樣》。這裡我就選擇各期不同材質的作品，略加說明，向大家請益：

先說紙板畫，這是年輕時為自己的詩集所做的插畫（請參見本書各卷插畫）；如果是說先有詩而為詩做插畫，我選這個講題「從文字創作轉換到繪畫創作的過程」，應該就沒有離題。可是，我還是要先坦承招供：在我轉換過程當中，我並沒有刻意要如何「寫實」的做到如詩中應有的重要意象去處理；我都以比較隨興的心態做我的畫。如果我能夠的話，我希望我所做的畫，都能呈現更多繪畫的想像空間。

詩的追求和表現，最終的目的也應該如此，否則就不能把詩和繪畫統稱為藝術的一種。因此，中國繪畫裡，有所謂「留白」這種美學要求，現代詩也有所謂「留白」的美學。這是我說的，我的看法。

再請看我的撕貼畫（如本書〈我的跨界詩觀・遊戲〉四幅插畫），最後再看我去年畫的壓克力畫（請見本文文末畫作）。這些不同材質的轉變，如果要深究到底，跟我的詩有否直接關係？我自己也很難說得清楚，最好還是不說為妙；多留一些詩和繪畫的想像空間，讓讀者自己做主，在必要時為自己尋找必要的詮釋。

這兒我想補充一提的是，在詩方面的幾位啟蒙恩師，包括：紀弦、瘂弦和鄭愁予。他們在我的成長過程中，具有決定性的影響；紀弦是最早、最大的啟蒙恩師，在我台肥工作初期就開始；瘂弦和鄭愁予，是我當兵退役後，參加中國文藝協會「文藝創作研究班」研習時的指導老師，至今我還完好保存他們批改的作業，那是很珍貴的一份紀錄，一份文憑。

五、我的感想和感恩

如果一定要說，作為一個寫詩的人，又同時喜歡繪畫，他的這兩樣作品，長久以來一定會有正向的相互碰撞、融合、互補等良性的影響。甚至，我個人認為，每個詩人、每位畫家，都應該同時作為「廣義上」的詩人和畫家；「詩人和畫家」應該是一體的，那他們的作品，一定會展現出更豐富多彩多樣的不同風貌。

人生都有缺憾，人人都應該獲得應有的彌補；我從詩和繪畫得到了最好的彌補和互補。

感謝最偉大的繆斯——掌管愛和藝術、詩和繪畫的女神，我會永遠忠於她。[2]

二〇一一年七月二十五日四點十分，八月一日晨修訂，研究苑

2 二〇一一年十月二十四日，十九點至二十一點，台灣大學藝文中心雅頌講堂講稿。

寫詩，折磨自己

——一首壞詩也可以成為一首好詩

我有個「行動讀詩會」，每月「讀」一次；但不固定在哪一周。這個讀詩會已成立三年（二〇〇三年九月），每月一次，從未間斷。每次大都有七、八個到十來個出席，大家都可以七嘴八舌，談別人的詩；不一定都是講「好」話，不好的「壞」話也照樣可以講；只要是對探討「詩藝」有關的，不論年長年幼（有七十多歲的，十六、七歲的也有），也不分資深、資淺、身分、輩分（有老師輩，也有學生輩），大家都暢所欲言。因此，我也有機會聽到我的詩在會中被大家指指點點（被討論的作品，一律匿名），也因此，我才有繼續成長的機會。

討論的詩，都是會友的作品；每一次，一個人只限提供一首新作，經與會者當場票選，依得票數多寡排定先後順序付予討論。寫這些作品，大都時候，會事先決定一個主題，大家根據當月的主題範圍去寫作；在開會一周前交卷，由專人負責彙整，打字、列印給與會者。

今年二月，主題訂為「土地」；為了自己也能成為不逃避的被討論者，我也按時寫了一首；明知是不好的詩，也照樣提交討論。這首詩，題目是〈我種我自己〉，有個副題：「給生我養我的土地」。其實，這副題根本是不需要的，因為文本已寫得夠清楚，可能受了「文以載道」的陳腐觀念影響，我還是寫下了在腦中出現的「詩想」，很「八股」的留下了一個壞紀錄。

明明知道自己寫的是一首爛詩，但我還是沒有藏醜；這個會是我帶領的，在他們的心目中，我這個「老師」也還是一樣，需要被討論的。當然，寫一首「屬於自己的」壞詩，跟寫一首「不屬於自己的」好詩，是有不同的意義，所以我不忌諱有寫不好的詩出現，最重要的是，自己寫出了什麼，而且要堅持不斷的寫作。寫出壞詩，頂多暫時或永不發表就是，何況，一首沒有寫好的詩，擱一段時間再拿出來看，說不定也有機會「死裡回生」；改一改，有可能變成一首好詩。

「一首壞詩也可以成為一首好詩」我有這樣的想法，也終於有機會又多出一個實際的例證：

〈**我種我自己**——給生我養我的土地〉

我種我自己，
給自己機會；
　　我萌芽，

我扎根，
我茁壯，
我開花結果；
但我，沒有忘記

您

您，給我孕育
您，給我生命
您，給我生存
您，無所不在

您在，廣闊無邊
您在，深厚無比
您在，無私
您在，永恆

我在，只是一個點
我在，只是一個時間
我在，膜拜
我在，感恩
我在，化成灰
以奈米回歸

面對「土地」，我認為我應該謙卑，應該感恩，應該膜拜；謙卑、感恩、膜拜，不一定要有什麼形式，但心中不可沒有這種想法。儘管這種想法是正確的，但就詩論詩，它未必能成為好詩；好詩自然有它成為好詩的必然要件；至少，我認為別太明顯的成為「八股」；即使「有些」八股，也得設法寫出有新的「感覺」、新的表現，才能給人新的想像空間。

寫這首詩的時候，我最得意的是「我種我自己」這個意念的出現；我如何「種」我自己？這個意念可以說得通嗎？這樣的想法可以成立嗎？我要寫它，我自己反覆質問自己；在質問自己的過程中，肯定、否定，否定、肯定……是不斷交互出現；但由於我「肯定」了它，所以我設法把它寫成詩。

會有「我種我自己」的意念，詩成之後，我自己追溯這個意念的源頭，發現它是跟我從小的出身、生活背景有關；因為我是一個道道地地的「土地的孩子」——農家出身，從小就在泥地裡打滾；不僅一天到晚眼睛映現的是農人們把雙腳埋在田裡耕作的景象，我自己也同樣跟著大人把自己的雙腳埋在泥地裡，學習耕作……

「我種我自己」是一個好意念，雖然我沒把〈我種我自己〉的初稿寫好，但我還是十分珍惜它，我並不因為它是一首壞詩而遺棄它；因此，「我種我自己」這個意念，自始至終，還是在我腦海縈繞，我時不時會把〈我種我自己〉的初稿拿出來看看、塗塗改改，又放下；塗塗改改，也還是放下……

寫詩，好像自我折磨；不知自己犯了什麼罪、有什麼毛病，得如此懲罰自己？

從有「我」、有「您」的〈我種我自己〉的初稿，到最後詩中的「您」都不見了，卻用了二十幾個「我」作為行頭寫成〈我種我自己〉的定稿，算是一種很大的改變；沒有「您」，但定稿中的「土地」則仍然存在，而「我」卻更為堅定的為「種我自己」而彰顯出來；使「我」有了更多一層意涵；蘊涵的意謂或意味，可說已不再是原來的「我」了！

所以我說：「一首壞詩也可以成為一首好詩。」至少，定稿之後的〈我種我自己〉，沒有原來的壞；那也就是我認為的「好詩」的意思。下面就是這首詩的定稿；能有這樣的結果，雖然我花了不少應該睡覺的時間折磨自己，但還是十分值得。

〈我種我自己〉

我給自己機會；
我是一粒種籽，
我也不僅是一粒——
我還是一棵樹；
我種我自己。

我種我自己，
我萌芽，我扎根，我長大；
我茁壯，我開花，我結果；
我給自己機會。

我給自己機會；
我有機會深入泥中，

我也有機會展向蒼穹；
我種我自己。

我種我自己；
我不怕風，不怕雨，也不怕太陽；
我不怕生，不怕死，也不怕變成灰；
我給自己機會。

我給自己機會；
我種我自己，
我種我自己，
我成為頂天立地。

（泰國、印尼《世界日報》副刊）

談小詩3

一提到中國新文學中的小詩，論者大都從冰心的《繁星・春水》談起，並喜歡引用她的作品作為典範或例證；但中國新文學及世界華文文學中的小詩，因歷經近一個世紀的演變或發展，以華文寫作的小詩，由於受到西方現代文學、藝術，甚至哲學、美學、科學、文化等思潮影響，香港、台灣、中國大陸以及其他地區的現當代華文文學的創作觀念和表現手法，都展現了極大不同於前人所書寫的樣貌；尤其台灣現當代小詩的多樣性，不論思想內涵或語言、形式，都有了截然不同於「五四」新文學草創或稍後出現的中國現代小詩的樣貌。

冰心的《繁星・春水》寫於一九一九年至一九二一年間，依她自己的說法，是一九一九年冬夜讀了印度詩哲泰戈爾《迷途之鳥》（糜文開譯為《漂鳥集》）之後開始記下的零碎的詩情片語；以現當代詩藝術美學觀點來看，她這個時期的小詩作品，有極大部分是屬於警句、格言、勵志、哲思之類的小品，詩藝術的成就，都較為薄弱，語言、形式也較少變化，但適合現代文藝青少年抄寫或仿作在畢業紀念冊上留言。這裡，為了和現代小詩做對比方便，並藉以說明現代小詩美學創建之重要性，有自覺性的創作者，不能走回前人走過的老路，應該勇於嘗試，以新的現代感、現代語法、現代思維方式，以及現代思想、美學等觀念，開創新局。

冰心《繁星・春水》：

一

繁星閃爍著——
深藍的太空，
何曾聽得見它們對語？
沉默中，
微光裡，
它們深深的互相頌讚了。

二

童年呵！
是夢中的真，
是真中的夢，
是回憶時含淚的微笑。

三

萬頃顫動——
深黑的島邊，
月兒上來了。
生之源，
死之所！

四

小弟弟呵！
我靈魂中三顆光明喜樂星。
溫柔的，
無可言說的，
靈魂深處的孩子呵！

五

黑暗，
怎樣的描畫呢？
心靈的深深處，
宇宙的深深處，
燦爛光中的休息處。

六

鏡子——
對面照著，
反而覺得不自然，
不如翻轉過去好。

（以上引自浙江少年兒童出版社任溶溶主編「世界少年文學經典文庫」
《繁星・春水》二〇〇六年六月第一版，二〇〇八年二月第十二刷）

冰心生於一九〇〇年，是福建省福州市人；在世時，中國大陸尊稱她為「世紀老人」，亨譽盛名，甚受尊敬。我一九八九年八月和台灣兒童文學作家七位首度訪問大陸，在北京兒童文學工作者王一地先生、上海著名童話家洪汛濤先生引薦並陪同下，於二十日午後去拜會她老人家；當時，她身體還相當健康，說得一口標準的、帶兒化韻的北平話，曾問我們說：「李登輝對您們還好嗎？」「是嗎？」待我們非常親切、慈愛，很隨和的跟每一位後輩合影，又題字、送書。

冰心寫作《繁星・春水》，時年十九、二十歲，中國新文學才剛剛萌芽，尚未受到西方現代主義、現代文學、現代美學、現代哲學的思潮啟發或洗禮，她的小詩的寫作與風貌，顯然不能以現當代詩學、美學觀點來評論它，我只是提出九十多年前前輩寫下的小詩樣貌，跟現當代的詩學演變發展的小詩的不同樣貌，作為說明文學藝術的演化和發展，必然是會有所不同；作為現當代的文學藝術創作者，理當要有自己的詩學、美學修養，創作出具有現代感的文學作品。

二〇〇八年三月十三日八點十四分，香港般咸道38A女青年大廈YWCA五〇一室

[3] 二〇〇八年三月十三日十一點半至十二點半，港大中文學院三三〇會議室講稿。

六行小詩的抒情基調4

——變，永遠不變的道理就是「變」

唐朝偉大詩人白居易（七七二至八四六）在與元九書中論詩時說：

感人心者，莫先乎情，莫始乎言，莫切乎聲，莫深乎義。詩者，根情，苗言，華聲，實義。上自聖賢，下至愚騃，微及豚魚，幽及鬼神，群分而氣同，行異而情一，未有聲入而不應，情交而不感者。……

我非常贊同這段詩論，相信：不論任何形式的詩，都離不開「情」，尤其近年我們推動六行（含以內）小詩寫作，我個人常常思考：如何在六行小詩中營造抒情的基調？不僅很在意自己能否寫出感人的作品，也很注意自己的作品有無流於說理，變成「格言」或「警句」的非詩的東西？同時也不希望見到我的同行者、不知不覺寫出類似「格言」或「警句」的小詩。

小詩是詩中的精品；小詩的寫作，是神聖的。我希望寫小詩的同好們都能有這項共同的體認，不要只想到它的「容易」，應該重視它的「難工」；努力以赴，登上小詩的藝術巔峰。

寫詩，永遠都需要求新求變；不變就會定形、僵化，自甘墮落，自我淘汰。懂得抒情、求新求變之必要，才能使自己的作品充滿活力，不斷有成長、創新、精進的更大的空間。

「詩」和「創新」，我一向等同看待；把它們看成同義詞。每寫一首詩，都希望是新的開始，不是舊有的重複。

讀一首詩的誘因是什麼？作為一位寫作者，基本上就是一位讀者；要大量閱讀，要各家都讀。作為稱職的讀者，你當能清楚認定，你想要什麼？而「讀者想要什麼？」「我要給他們什麼？」這是作為寫作者，你不僅想讀到你自己所期待讀到的好詩，當然就要先有寫出好詩的自我期許。

讀一首詩的誘因，我有幾種想法；不外是：它能否感動我？它有無美好的情意？它有沒有新的創意和表現？它能否給我更多想像的空間？

要求別人，就先要求自己；我常常這樣思考，也以自我思考所得的結果，作為自己創作時實踐的重要依據和標的。至於作品完成時，能否如願達到理想的境地，當然與個人先天才具和後天努力等因素息息相關，但已盡力去完成了，就可以心安理得；有盡力就值得肯定和嘉許。而繼續努力，也就能有更多機會成就自己。

抒情的對象不單指人，天下萬物都有情；人可以寄情於萬物，為萬物抒情，其情更珍更貴。

在這裡，個人以一年來為花寫作的「情詩」：《給　百花的情詩》為例，摘錄幾首，分別說明自己為何而寫，又為何要如此寫，和大家分享個人的體驗，也向大家請益。這一系列的詩作，每一首題目都在花名之下冠上「姑娘」的稱謂；我認為每一種花都是美的——有各自不同的美；「姑娘」就是可愛、清純的小女孩。如：

〈給　蝴蝶花姑娘〉

你的學名是，野薑花；
我從小在鄉下，叫你蝴蝶花

穿著潔白的洋裝，你和白蝴蝶一樣
一點兒也不野；十分有教養
微微笑著，在清晨的陽光裏散發清香

純白的蝴蝶花，你是我最小的妹妹呀

（二〇〇九年十一月十二日三點二十四分，研究苑）

「最小的妹妹」，表示我對它的寵愛、疼愛；因為，我在鄉下出生、長大，在小時候的印象裡，野薑花它是最貼近我的童年生活；因此，在記憶中，它也是最美好的。

我會這麼說，當然是屬於個人的情感成分使然；要成為詩，且要讓讀者認同，也能讀出美味來，就得有足夠的轉化工夫；我稱它為抒情的基調。這種基調，在小詩的寫作中，要設法讓它有機會擔綱。

〈給　野薑花姑娘〉

環繞清澈的水池，童年是單純的
你以純白之丰姿投影
和池中的小魚小蝦玩耍；
童年記憶，永不改變的清香

夜夜飄進夢裏；白鳥在碧波中
振翅搖曳

（二〇〇九年三月二十五日二十點二十五分，研究苑）

在農村長大，童年的記憶永不抹滅；時間久了，美的，會變得更美。對於野薑花的印象，我始終沒有改變；一想到野薑花，在池塘或水溝邊，就像棲息了一群白鳥。野薑花是蝶形花，花朵像蝴蝶，但我會把它們想像成白色的鳥兒，主要原因是，我想和我在鄉下常見的白鷺鷥有關；我認為白色是純潔的，牠們是最善良的一種鳥類。希望自己所抒發的情意，也是純潔、善良的，可以和讀者分享。

同樣的題材，可以有不同的處理方式；不同的作者，會有不同的發現和表現，每個人都寫屬於自己的詩。

〈給　油桐花姑娘〉

你很安靜，什麼也沒說

你很雪白，什麼也不打扮
你很素淨，什麼也沒少
你很閒情，什麼也不求

素衣丰采，宜以靜觀仰望
宜以飄旋，美在輕輕飄旋中誕生……

（二〇〇九年四月二日十六點八分，研究苑）

油桐樹高大，花有五瓣，白色花瓣，黃色花芯，其形狀像小電風扇的扇葉；花瓣從高高的樹梢上飄落下來，需要滿長一段時間，其飄落的數目和旋轉的姿勢，有如雪花，緩緩飄旋而下，十分優雅。

我的讚美，是誠摯、冷靜的，不是濫情；我希望詩中有情，但不希望成為濫情的宣洩；含蓄的美才耐人尋味。

〈給　酢醬草姑娘〉

你開你自己的，小小的花
不在乎人家關愛的眼神；
粉紅的；是桃花杏花
蘋果花的粉紅……
就是愛你，不在乎的模樣
自己開自己的；小小粉紅色的花

（二〇〇九年四月七日十二點十五分，去昆陽捷運站的公車上）

不因為野花野草，影響我對植物花卉的喜愛；我一視同仁，表達至真的情意。我這樣想，這種想法就成為我的審美觀，也成為我的人生觀；我也希望這樣的人生觀，能獲得讀者的認同；詩文學藝術的成就，就能發揮潛移默化的效果，這也就是它的「無用之用」的大用。

〈給　玫瑰姑娘〉

你的唇，是經典之美

與擦不擦口紅無關；

與任何顏色，與愛不愛，無關

你的唇，是永恆的詩

與朦不朦朧無關；

與明不明朗，與詩不詩，有關

（二〇〇九年四月十日午後，坐二一二公車回家途中）

美、詩、愛、禪，是可以等同觀之。我這樣認為，做人是不能虛假；寫詩的人更應該有這種特質，而且要表裡一致。

詩中要有具體的形象，形象的語言成就詩的繪畫效果；它是詩中的「意象」；這首詩中的「唇」和「口紅」，就得承擔這項責任；是很重要的責任，因為這首小詩的大部分的文字，都不具形象條件；如果沒有它們，這首詩就垮了！

詩中的繪畫性和音樂性，是必須取得良好的連結。

〈給　茉莉花姑娘〉

夏季是你預約的假期，想你
沒有季節沒有日月沒有風雨陰晴

時時都在想你；想你蓓蕾的乳芽
乳芽清清淡淡的乳香

沒有季節沒有日月也無陰晴風雨
想你，清清淡淡的乳香的蓓蕾……

（二〇〇九年五月二十八日詩人節　上午在「文協」新詩學會詩歌朗誦會中／六月二十八晨修訂）

「乳芽的蓓蕾」，是這首詩的意象。每種花都有它自己的美；我喜歡從不同的花，發掘不同的美。茉莉花在泰國是常見的花品，常用來供奉佛祖，也用來歡迎嘉賓；它的清香，是普遍受到喜愛的；它的形狀，像乳芽，也是我所喜愛的；所以我稱它為「蓓蕾的乳芽」，肯定並讚賞它的純潔之美。

〈給　大花紫薇姑娘〉

在莫內筆下，你是夏日盛裝的女郎
戴著紫花大草帽，優雅款款走來

太陽再大再毒辣，也自在優雅

在學者如清水流動的研究院路上，
我一路欣賞你，一身綠色飄逸的洋裝
迎風招展；赴盛夏太陽神的野宴……

（二〇〇九年六月二十日日午後，研究苑）

想起法國印象派大師莫內名畫「野宴圖」，就聯想到畫中戴著大草帽、撐著花洋傘的妙齡女郎；這是我年輕時習畫留下的深刻印象。

詩的寫作，是一輩子的事；不論你將來要寫出什麼樣的作品，生活必須是認真的——認真生活、認真觀察、認真思考、認真體會，它們都將內化成為你生命中的一部分；這些經過沉澱之後，有一天就有機會觸發成為寫作的意念或意象，在作品中呈現出來。

大花紫薇在台灣作為行道樹，是隨處可見；五、六月開始開花，大約八月才會結束；它的花都開在茂密的樹冠之上，一大串一大簇的紫花迎向夏日的陽光，看起來有消暑的作用；我每天進城所須經過的一條大馬路——中央研究院路，兩旁行道樹種的就是大花紫薇，有養眼清涼之感。

〈給　熏衣草姑娘〉

喜歡你的紫色你的默不作響
喜歡你的紫色你的天生麗質

喜歡你的紫色你的淡雅淳樸
喜歡你的紫色你的清香素直
喜歡你的紫色你的搖曳生姿
喜歡你的紫色你的一心專注

（二〇一〇年二月二十一日五點三十分，研究苑）

喜歡，就沒什麼好計較，也不得挑剔；熏衣草的紫，對我而言，它的紫色是一種誘惑，沒理由的喜歡它，所以就成了無話可說。

這首詩的形式，是沒有分段的排比，彷彿一大片紫色的色塊鋪展在你眼前；這正是我潛意識裡所喜愛的，如種在大地上的一大片熏衣草盛開的花海；數大為美，感覺極為過癮！

〈給　鳶尾花姑娘〉

也因為你，有了藍色的花朵
而每一朵花兒都是一隻想飛的鳥

而又不肯真正的飛起來，才叫梵谷
瘋了！非得把你畫下不可
所以，現在你只得乖乖在梵谷的畫裏
要飛不飛；藍給世人欣賞

（二〇一〇年三月十一日午後，研究苑）

梵谷畫作〈向日葵〉，舉世聞名，世人都讚賞；鳶尾花也是他的不朽之作；我偏愛後者。年輕時就喜歡梵谷，現在也是。今年初，在臺北有一檔梵谷展，展期長達三個月，我沒有錯過，又仔細觀賞，值回票價。

每回看到鳶尾花，就會想到梵谷的名畫；我知道鳶尾花是很美的，天生麗質，但我還是要說：梵谷把鳶尾花畫成不朽了。

詩有抒情之必要；詩而無情，會成為一堆乾巴巴的文字僵屍，易流於概念化、抽象化的陳述。小詩，不論篇幅多小，抒情是有它的必要，否則會寫成類似警句或格言；六行以內的小詩

（含六行）寫作，更需要提高警覺，以避免誤入困境。

以上個人淺見，提供同好參考和共勉。

二〇一〇年六月十四日傍晚，研究苑

八月九日曼谷《新中原報》刊載

4 二〇一〇年七月十一日上午，曼谷帝日酒店國際廳講稿。

六行小詩之美（講綱）5

一、前言

六行小詩，係小詩的一種有所約制的新形式，是小詩的一種新品種，是目前個人正積極推廣的一種新體詩；最早有意推動六行（含以內，即一至六行）小詩寫作，是二〇〇三年元月一日，當時我負責臺北聯合報系泰國、印尼《世界日報》（湄南河副刊及梭羅河副刊）兩個副刊的編務，於改版規劃版面時，在刊頭左上角重要版位，設置一個天天見報的小專欄，欄名叫「刊頭詩三六五」，同時展開徵稿，以六行以內（含六行）小詩為限；推出後受到泰華、印華寫作人熱烈響應，直至二〇〇六年十一月底，我辭去編務為止，這類小詩的寫作，已在泰印華詩壇蔚為風氣。

為更進一步推動此類小詩持續並擴大發展，二〇〇六年七月九日，個人趁應邀在曼谷主持泰華文藝研討會，便與當地詩友（嶺南人、曾心、博夫、今石、苦覺、楊玲、藍燄七位和我，自稱「7＋1」）組成「小詩磨坊」詩社，約定每年七月出版一本當年寫作的同仁作品集；每位同仁各收錄三十首小詩，每首小詩附一則「詩外」，用意是希望同仁藉類似「詩話」方式，寫些個人對詩學或人生的體悟；另方面，想讓讀者在讀詩之餘，多一項可以品味的「小甜品」，增加閱讀樂趣；而書名也直接訂為《小詩磨坊》（第一輯二〇〇七年版，在二〇〇七年七月一日由香港世界文藝出版社印行，第二輯二〇〇八年版正編輯中），希望一以貫之，打響「品牌」。

為推展小詩寫作，勉勵同仁不忘作為一個稱職的推磨工，在六行以內有限篇幅中，力求精進，重視詩藝，不斷探索、研磨；個人今年元月底寫的一首〈磨工〉，即想表現這種想法：

磨穀子磨麥子
磨米磨麵粉
磨字磨詩
磨心磨血
磨日磨月
磨時間磨生命

「小詩磨坊」在華文詩的世界，個人有建構九大版塊的構想；繼泰國之後，馬來西亞已於去年底成立，也名叫「小詩磨坊」，同樣以「7＋1」模式為組合；馬華卷第一輯《小詩磨坊》已在集稿中，要在今年七月和泰華卷第二輯同時推出；下一個工程是印尼，也已進行籌組，預計今年七月中完成。接下來是，台灣、香港、新加坡、菲律賓、越南、中國大陸；我四處尋找志同道合的詩友，共同發展六行以內的小詩寫作，希望開創小詩的新美學。

小詩，六行以內的小詩，篇幅雖小，經過實驗與研究，個人體會和發現，她有以下幾種獨特之美：

一、六行小詩的意念之美；因為篇幅小，需要有創見的意念。
二、六行小詩的語言之美；因為用字少，需要更精煉的語言。
三、六行小詩的節奏之美；因為音節少，需要跳躍性的節奏。
四、六行小詩的拙趣之美；因為少造作，需要真性情的拙趣。
五、六行小詩的意味之美；因為講情意，需要豐富性的意味。
六、六行小詩的形式之美；因為不老套，需要有變化的形式。
七、六行小詩的空靈之美；因為要留白，需要有禪味的空靈。

於下所附六行以內小詩，是個人將收錄在二〇〇八年《小詩磨坊》泰華卷第二輯的作品（此處從略，有興趣請參閱秀威二〇一一年七月版），謹藉此見面會向諸位學者教授報告、分享和請益，並由衷感謝楊主任玉峯博士美意，精心安排午餐會時間和諸位女仕先生見面，也感謝大家撥空與會，最後祝福大家都有個美滿幸福的人生。

二〇〇八年三月三日港大中文學院三二二室

5 二〇〇八年三月十三日十一點半至十二點半，港大中文學院三三〇會議室講稿。

六行小詩的基礎美學初步思考

——從泰華六行（含以內）小詩發想談起

一、引言

在泰華文壇，我有批志同道合的文友，他們把我當作是他們的一員，尤其寫詩的詩友，讓我有份歸屬感，使我覺得：自己不僅是臺灣詩人，同時也是泰華詩人；因我曾為泰國華文報當兼、專任編輯長達二十年有關。尤以一九九九年九月起，至二〇〇六年十一月底止，我有機會獨自負責泰國《世界日報》副刊「湄南河」編務，將近十年，投注更多心血，融入泰華「在地意識」，有機會和泰華文友、詩友一起切磋，建立默契，培養共識，並於二〇〇六年七月一日，以「7＋1」模式，和七位詩友組成一個「小詩磨坊」詩社，提倡六行（含以內）小詩寫作。

所謂「7＋1」模式，指泰華詩友七位：嶺南人、曾心、博夫、今石、楊玲、苦覺、藍焰，加上我唯一一個居住在泰國境外的詩的愛好者所組成的小詩社。我們這個詩社，從二〇〇七年七月推出《小詩磨坊（一）》（二〇〇七年版，香港世界文藝出版社印行）之後，決定每年七月都要編印一輯《小詩磨坊》，選輯同仁當年創作的詩作，各三十首，每一首都附有一則「詩外」；目的是：借機會讓作者自己在寫詩之外，也做點有關詩與人生、詩與生活、詩與詩想、詩與表現等等進行思考，以之力求精進；也讓讀者在閱讀詩的文本之外，還有其他相關的延伸閱讀的樂趣。

「小詩磨坊」，既以六行（含以內）有限篇幅的特定形式規範詩的創作，我們自然希望在詩的文學藝術上，要有所突破與創新；取「磨坊」的用意，旨在於「磨坊」的「磨」字，具有下苦心推磨的精神意義，和自我期許，同時也希望藉「磨」與「魔」的諧音之意，給自己一種遊戲、變魔法的啟發和勇氣；寫詩，要有勇於玩文字、玩寫詩、玩心情的觀念，多做嘗試、創新，這是我們「小詩磨坊」每位同仁共有的默契和精神。

二、六行小詩的基礎美學的思考

美學，指的是形而上的思維及其所完成的專門科學，也是所有文學藝術追求本質上的美的至高無上的需求；但美的本質是活的，多元、多樣。就文學詩的唯一必要媒介（語言、文字）而言，它的美學基礎是，建立在文字形象、聲音、意義，以及整體呈現的形式和意涵。

小詩篇幅小，它對語言的精簡、精準、象徵、暗示等等要求，是相對的計較。至於形式上的要求，也同樣應該列為詩人展現藝術成就所必須用心的要項；文學藝術的創作，最忌諱的是一成不變；詩和創作是同義詞的，宜畫上等號；不是創作就談不上詩。美學的創建，就是從創新開始，立足於創新的基地。

三、六行小詩的本質上的思考

六行小詩的詩的本質，跟其他任何形式的詩的本質，基本上應該是一致的。但從詩的篇幅長短大小不同來看，任何一種形式的詩，它還是有自己各自獨特的本質；小詩不一定專指六行或六行以內，但六行（含六行以內）小詩，是目前我們在泰國刻意要推廣的一種小詩的獨特形式（將來也會擴展到其他國家地區），我們居然有意經營、創新、提倡這種小詩的新形式，自然有必要自己思考、探索六行小詩究竟有哪些異於其他形式的詩的本質是什麼。

六行小詩的自己獨特的本質，精準是第一要義，但也並非一定得排除詩向來相當受重視的一項獨特成就——岐義性，以及豐富性；不能因為篇幅小，就忽略詩所應該追求的深邃的意境，以及更多更寬廣的想像空間。也正因為文字精簡，它的留白、跳躍性的文字處理，變成更加受到重視。但也因為文字精簡，就得特別小心，避免語言抽象化、概念化，尤其說明化和說理化。不得把小詩寫成「分明是一句話，分成三五行。」（趙玉明語）寫小詩不能把它看成這麼簡單又隨便。小詩的任何一個字、一個標點符號，以及如何斷句分行、分段（包括它的題目），都是一體的，有機的；任何一部分，都像是人體中的任何一個器官，一樣重要。

四、六行小詩的形式的思考

六行小詩的形式，是靈活的，也是多元、多樣的；為求達到靈活與多元、多樣，多采多姿；應該打破規矩僵硬的固定形式。

詩的形式本是為內容而服務，有甚麼樣的內容就該有甚麼樣的形式；甚至形式特殊的表現，還能為平庸的內容帶來新視覺的效果，增加文字繪畫性的美感，提升詩的藝術成就。

六行（含以內）的小詩形式，可以有一至六行的六種基本形式；除一、二行的無法再變花樣之外，其餘三至五行的作品，都可以有數種不同形式的變化；總的來說，一至六行的六種基本形式，可以有如下的多種變化形式：

1、一段式的，可以有：

一至六行的1╱2╱3╱4╱5╱6，六種形式。

2、二段式的，可以有：

（一）六行的3-3╱4-2╱2-4╱5-1╱1-5，五種形式。

（二）五行的4-1╱1-4╱3-2╱2-3，四種形式。

（三）四行的2-2／1-3／3-1，三種形式。

（四）三行的1-2／2-1，二種形式。

（五）二行的1-1，一種形式。

3、三段式的，可以有：

（一）六行的2-2-2／1-4-1／2-3-1／2-1-3／3-2-1，五種形式。

（二）五行的1-2-2／2-1-2／2-2-1，三種形式。

（三）四行的1-2-1，一種形式。

4、四段式的，可以有：

（一）六行的2-1-2-1／2-1-1-2／1-2-2-1，三種形式。

（二）五行的1-2-1-1／2-1-1-1，二種形式。

（一行一段，連續三段都一行，也許有點勉強，如果真有表現上的必要，其實也未嘗不可。）

以上總計有三十餘種形式，如能靈活巧妙應用，六行（含以內）小詩已足夠創作出合乎文學多元、多樣化的藝術形式。關鍵只在詩人創作者本身，他如何看待詩的形式及其自我要求能力。

五、結語

個人學習寫詩將近五十年，一開始就喜歡寫小詩，也許，年輕時讀過一點古詩詞、印度詩哲泰戈爾《漂鳥集》以及日本俳句等有關，在抒情中追尋哲理或禪境，漸漸的養成偏向思考性的方向發展，而有意設法切斷抒情浪漫調子，詩就越寫越短了。

一九八八年十一月，我出版一本中、英、泰文三語對照版短詩集《孤獨的時刻》，發現自己收在這集子中的三十二首小詩，竟然無一首超過六行，而且也覺得相當得心應手。後來我仍繼續寫小詩，並且給自己一個約定：以後寫小詩就別超過六行吧！

二〇〇三年元月，我負責泰國、印尼《世界日報》副刊改版，規劃了一個新欄目：「刊頭詩三六五」，天天要有一首小詩放在刊頭重要的版位，就設定六行（含以內）小詩徵稿，於是開始了推廣六行小詩的寫作。

六行小詩的新美學6

一、小詩的界定和規範

*傳統詩的五言絕句，四行二十字；七言絕句，四行二十八字。
*冰心小詩《繁星・春水》大多六行左右，五十字以內；採用編號，沒有標題。
*日本俳句，「五、七、五」三行，限定十七個日文字母組成。
*台灣現當代的小詩，大多主張十行、一百字以內。
*「小詩磨坊」六行，七十字以內。

二、小詩的基礎美學

*研究美之性質及其法則之學，稱為「美學」。
*小詩的基本「性質」包括：語言、形式；它的語言和形式有無既定必須遵守的「法則」？對創作者來說，是不存在的問題；現代詩的創作者（與「寫作者」不同），他的使命是「開創的」，從無到有，是「立法者」，不是「守法的人」。

＊小詩的基礎美學是：篇幅小、字數少、個性化、有創意。

三、六行以內的小詩

＊六行以內的小詩（含六行）；一首詩該有多少字（含標點符號）？我們「小詩磨坊」沒有設定，但主張不宜超出七十字；除非有特別情況。一般都在六十字以內。

＊七十字的設想是怎麼來？手機一般介面可容納七十字，為利用現代生活科技的傳播方便。

四、六行小詩的新美學

＊篇幅小，形式要有精緻之美；

＊字數少，語言要有簡潔之美；

＊個性化，意念要有獨特之美；

＊有創意，詩想要有創新之美。

五、六行小詩的技巧運用

＊善用標點符號；提升標點符號等同於文字，甚至超越文字的功能。

＊善用斷句分行；減低敘述性、增強跳躍性、凸顯意象和節奏感。

＊善用分段；靈巧變換情境，重視留白，擴大想像空間。
＊善用構思；獨特思考，表現創新意念，提高詩的韻味及詩質的濃度。

六、六行小詩（一至六行）各種形式的作品舉例

為說明方便，也證明個人可以做到，以下所舉三十多首詩作都屬個人作品；有著作權，如評論、教學需要引用，請務必註明作者及出處。

【一段式】（一至六行）

1、（一行的）

〈**落葉**〉

樹給大地寫情書

2、（兩行的）

〈**靜**〉

一個杯子裝滿一杯水
一顆星子掉下來，在水中溶化

3、（三行的）

〈**星星都不睡覺**〉

夏天晚上，每顆星星
都把自己擦亮；
忙著為我寫情書。

4、（四行的）

〈**終於**〉

雨停了，屋簷上
最後一滴雨水想了很久
終於，忍不住
掉了下來！

5、（五行的）

〈**談心**〉

端一把椅子，
給他機會，
坐在妳身旁，
讓陽光跨進窗裡來，
喝杯下午茶。

6、（六行的）

〈崇德橋畔的人家〉

南豐鎮裡有條崇德路
崇德路上有座崇德橋
崇德橋下有條崇德河
崇德河畔有棟崇德樓
崇德樓旁又有一座崇德亭
崇德樓中住著崇尚道德的人家

【二段式】（三至六行）

1、（2-1行的）

〈回家〉

鳥，攜帶暮色回家
我，提著沉重的腦袋

和空了的飯盒

2、（1-2行的）

〈無師〉

先關門再走出去

禪或夢或日本俳句

都這樣鼓勵我

3、（1-3行的）

〈鳥問〉

我站在窗口，我在思索

一隻鳥飛過
牠叫了一聲，問我：
傻瓜，你在想些什麼？

4、（3-1行的）

〈春天〉

水冷得發硬。
一條小魚使盡全力
刺破冰凍的湖心

春天，你還在等誰？

5、（2-2行的）

〈影子〉

孤寂的夜晚，我走入
孤寂的巷中
我唯一的伴侶，怕黑
竟穿牆棄我而去！

6、（3-2行的）

〈留幾口〉

早餐時，少吃幾口；
午餐時，少吃幾口；

晚餐時，少吃幾口；
我為我的下一餐，
留幾口。

7、（2-3行的）

〈一池蛙聲〉

一池蛙聲，
驚醒一個月亮；
剛出水的，一朵睡蓮
在風中
發抖

8、(2-4行的)

〈鷺鷥隨想〉

縮起一隻腳,
靜,讓我掂出天地的重量;
縮著一隻腳,不費一分力
將天和地
輕輕舉起,又
輕輕放下

9、(4-2行的)

〈都是問號〉

香港有堅道也有堅巷
香港有花園道也有擺花街

香港有東邊街也有西邊街
香港有水街也有山道

香港有醫院道不知有沒有病人街
香港有高街不知有沒有低街

10、（3-3行的）

〈春天還在路上〉

我不忍批評她，
該來的時候
她就會來；

在路上，她總有些事要忙
比如什麼時候要開的花，
她總得為她們做些準備呀！

11、（1-4行的）

〈**蘆葦**〉

沉思。

蘆花
在秋風中，
越搖越
白

12、（4-1行的）

〈**有借有還**〉

眼睛，借給我；
耳朵，借給我；

嘴巴，借給我；
心，也借給我……
我，死後都會還。

13、（5-1行的）

〈雨天〉

一口老甕
裝著全家人的
心，放在屋漏的地方
接水
彈唱一家人的
辛酸……

14、（1-5行的）

小雨點，我的小愛人。

〈小雨點〉

一個小雨點，一張小小的嘴；
一張小小的嘴，
一個輕輕的吻；
我的小愛人，給我
千萬個小小的吻……

【三段式】（四至六行）

1、（1-2-1行的）

〈行道樹〉

你走，我不走；

我看日月，
日月看我。

你走，我不必走。

2、（2-2-1行的）

〈在，無所不在〉

在天地之間，
我是風我是雲；

我的存在，不必在我
在天在地，在風在雲
在，在無所不在

3、（1-2-2行的）

〈失魂的蝴蝶〉

牠在找自己的魂魄？

飛飛停停，每一朵花
都是前世嗎？

今生呢？是落魄詩人
心中的一塊疤痕！

4、（2-1-2行的）

〈蒼蠅〉

我搓我的腳，誰說過
我在洗手？
（愛乾淨總是好的）
我搓我的腳，
干人類什麼事？

5、（2-2-1行的）

〈無題〉

一個影子快速閃過——
那面牆，還是原來的

流浪的狗慘叫一聲，
以為身上那件衣服，不見了
這社會是屬於黑暗的！

6、（2-2-2行的）

〈我的頭髮〉

我的頭髮，是越長越長了
為彌補逐漸光禿的前額；

以前我並不是這樣，
常常是怒髮衝冠！

現在，順其自然就算了
已經沒什麼好再堅持了！

7、（1-2-3行的）

〈再轉個彎吧〉

人生的路，不是直的
轉個彎吧！
看花看草，也看看鳥兒……
再轉個彎吧！
心就更寬了
有山有海，有天空

8、（3-2-1行的）

〈空酒瓶〉

瓶，你是故意的
兀自站立著
空著肚子，也空著腦袋嗎？
望著漆黑的夜空
瓶，你是張著一張僵硬的嘴
你無聲的吶喊，無人聽懂

9、（1-3-2行的）

〈聽聽自己的聲音〉

靜下來，可以回到自己的耳朵

聽自己的聲音，
聽地球的聲音，
聽宇宙的聲音……

我需要靜下來，
聽聽自己的聲音。

10、（2-3-1行的）

〈地上的詩〉

花草樹木，
是我心中的詩；
不能寫詩的時候，
我用寫詩的心，

種花種草種樹木；
它們是我地上的詩。

11、（3-1-2行的）

〈螃蟹說〉

請別誤會，橫著走
是為了方便；
我們祖先是有智慧的。

不必凡事都跟著人類學；

我們有我們的
自己的哲學。

12、（1-4-1行的）

〈夜的中央〉

蛙叫，在醒著的夜的中央

夜的中央在時間的中央
在黑白的中央冷暖的中央
在軟硬的中央方圓的中央
在動靜的中央睡醒的中央

我在，夜的中央天地的中央

【四段式】（六行）

1、（2-1-2-1行的）

〈我只要睡眠〉

有人要土地，
有人要天空；

我，只要睡眠。

睡眠養夢，夢生
土地、生天空；

還有，相愛的人。

2、（1-2-2-1行的）

〈椅子在看風景〉

在山路上；

椅子，請坐。
椅子，兀自坐著；
椅子，請坐。
椅子，自己坐著；
看風景。

3、（1-2-1-2行的）

〈**貓的眼睛**〉

貓在黑暗裡，什麼都可以不要；

牠只要兩顆寶石一樣
光亮的眼睛，穿透夜的時空

孤獨寂寞，都不用害怕；

你知道嗎？夜被牠穿透兩個洞
黎明提前放射兩道曙光

七、詩是什麼？

1. 詩是人生的態度。
2. 詩是現實的彌補。

3. 詩是善良的語言。
4. 詩是心聲。
5. 詩是真誠。
6. 詩是抒情。
7. 詩是批判。
8. 詩是慰藉。
9. 詩是不能不說。
10. 詩是發現。
11. 詩是想法。
12. 詩是宗教。
13. 詩是哲學。
14. 詩是只有付出沒有收入。
15. 詩是是是非非，似是似非。
16. 詩是有一切的無限的可能……（因為她一直都在發展中）

二〇一〇年九月二十七日曼谷《新中原報》刊載

6 《小詩磨坊》泰華卷二〇〇八年版發布會專題演講講稿。二〇〇八年七月二十日，曼谷帝日酒店國際會議廳。

說詩・演詩・唱詩・玩詩

——讓想像的美學飛揚起來

前言

孔子說：詩可以興，可以觀，可以群，可以怨。

我體會到：詩可以說，可以演，可以唱，也可以玩。

一、為自己寫詩

我是「上世紀的人」。如果從一九六〇年，我二十歲開始算起，我接觸詩、寫詩，到今天已經有四十四年歷史。說這段話，不是想依老賣老，我只是想坦白承認：談詩，我是不談理論的（我不懂理論），我只想談談自己的體驗和領悟。

美國有位小詩人法夐，她七歲時寫了一首詩〈什麼叫作詩〉，她說：「詩是什麼？誰知道！」道出了很多人的心聲，也說出了我的迷茫。的確，「詩是什麼？」很多人都說不清楚。我也一樣說不清楚。

四十多年前，我還不知道詩是什麼時，我就開始寫詩。而四十多年後的今天，我依然不知道詩是什麼，可是我還是不斷繼續在寫，這是為什麼？真的不知道嗎？真的不知道！原因是：我無法（也不敢）用一句簡單的話，來說清楚「詩是什麼」，但我始終還是喜歡她。這又是為什麼？原因是，我親近詩，我不斷會有新的發現，有新的領悟。

我領悟到：詩的生命，是活的，詩是千變萬化的一種文學作品——是「語言的藝術」，但不僅僅是一種語言的藝術。

我的領悟，如果沿用下列的模式思考，或將可得到上百種的結果，比如：

詩是一種親近　詩是一種感動　詩是一種頓悟
詩是一種思考　詩是一種批判　詩是一種顛覆
詩是一種設計　詩是一種抒情　詩是一種昇華
詩是一種生活　詩是一種論說　詩是一種真情
詩是一種想像　詩是一種陶冶　詩是一種美善
詩是一種彌補　詩是一種慰藉　詩是一種遊戲
詩是一種夢想　詩是一種對話　詩是一種創造
詩是一種修養　詩是一種心聲　詩是一種歌詠

詩是一種宗教　詩是一種哲學　詩是一種智慧
詩是一種敘述　詩是一種孤獨　詩是一種宣言
詩是一種啟發　詩是一種和平　詩是一種真愛
詩是一種禪……

現在，我就試著從以上的一些「領悟」，挑出幾種來說明我自己教自己寫詩的經驗：

1詩是一種親近

「詩是一種親近」這種頓悟，是我近年才體會到；如果你不親近詩，你怎會知道「詩是什麼」？你怎麼知道詩有什麼好或不好？「親近詩」就是要閱讀，用「真心」閱讀；「真心」是一種虔敬的態度，有了這種態度，你會變得很細心、很貼心、很謙虛，像對待一個你真心所敬愛的人；用這種態度來閱讀詩，你將從詩中獲得千百種好處（前提是：你必須不斷閱讀、累積，才能獲得更多的好處）。

「親近詩」是認識詩的第一個有效的步驟，也是最後的唯一的步驟。

2詩是一種思考

「思考」是訓練沉靜能力的基本工夫。人類是會「思考」的一種動物，閱讀詩可以幫助你提升思考能力，寫詩更是一種「思考能力」的具體實踐和表現。

詩的寫作「思考」，來自生活經驗的淬取；生活經驗的累積，必須經過沉靜的「思考」沉澱之後，才能呈現澄淨可取的經驗，將它寫成詩的文學作品，與人分享。

「思考」是一種方法，也是一種結果，是寫詩的一種必要手段；「手段」與「結果」是相關的，不容忽視。

3詩是一種設計

「設計」也是一種「方法」，但與「思考」未必完全相同；「思考」有不同的功用。「設計」固然會用到「思考」的能力，但「設計」有自己的一套規則和玩法，它的玩法，有時近於一種遊戲（或幾乎等於遊戲），有「創新」的意義；也有「創新」的可能。

詩是一種語言的藝術，「設計」是表現藝術的一種必要手段：「設計」具有顛覆與創新的精神，它使語言文字擺脫「平實」原有的敘述方式和模式；打破「文法」，重新組合。

4詩是一種智慧

「智慧」是人類天賦的一種永不枯竭的「寶藏」，值得不斷挖掘。

詩是呈現「智慧」的一種方式，寫詩是一種挖掘開採「智慧寶藏」的必要手段。詩以其精緻的形式，呈現「智慧」的結晶，對讀者具有深遠的意義。

人類最值得珍貴和驕傲的本質之一，就是擁有「智慧」的寶藏。美國現代詩人佛洛斯特曾經說過：「讀起來很愉快，讀過以後覺得自己又聰明了許多的，就是詩。」

這種說法，是我很欣賞的一種「詩觀」。我勉勵自己，要修心養性，把詩當作一種宗教，一種哲學，努力寫出具有「智慧」內涵的詩。

小結

四十多年來，我一直把讀詩、寫詩當作「自我教育」的完成。我從閱讀開始，不斷在進行「自我教育」；我不斷閱讀，不斷思考（內省），不斷累積我的閱讀經驗，我完成了自己教育自己的任務。「自學」是自我學習的最佳（有效）方法之一。

閱讀使我知道不足，閱讀使我知道閱讀的好處。寫詩使我的智慧能有機會萌芽，開花，結果，撒播愛的種子。

詩是追求真愛與和平，詩是追求想像的空間，詩是追求最大的象徵意義和最大的創造的可能。

如果你已經錯過春天，請牢牢記住：用詩彌補。

把詩當作宗教吧！我們就有了一輩子可以依賴的信仰。

把詩當作愛人吧！我們就有了一輩子可以傾訴的對象。

把詩當作遊戲吧！我們就有了一輩子可以把玩的東西。

二、和別人分享

我不是「正牌」的教師，教別人寫詩，只是偶爾隨緣，是一種「客串」性質，因此，對我個人而言，「詩的教學」活動，我把它當作「詩的分享」活動，是一種「另類的教學」。我越來越喜歡人家邀我跟他談詩，我有一種「當老師」的感覺，是榮譽的感覺，因為「老師」是崇高的。

我長時間教我自己寫詩（是「自我探索」的一種精神活動，也是一種「心靈思考」練習），也常應邀演講、上課，談詩、談詩的寫作經驗；讀詩，讀自己內心的感受，和聽講者分享。

我的聽講者對象，包括：喜歡文學的社會人士，中小學教師，小學生家長（大都是媽媽），國中生、小學生等；我擔任過圖書館「駐館作家」，也擔任過中小學校「駐校作家」，但我沒有既定的「課程」和「進度」；讀詩分享，談到哪兒就到哪兒，只是想把詩的種子撒播在喜歡詩的人的心田上，讓它自己萌芽……

我認為「寫詩」隨緣，不必強求；「讀詩」才是必要，讀詩比寫詩重要，它能幫助你修心養性。詩的最理想的「教學方法」，是在「教」與「不教」之間。我用的是一種啟發和誘導的方式，讓學習者自動自發的學習，不是強迫的。如果一定要「教」，那也要看對象，教學的方法要因人而異；大人和小孩不同，中學生和小學生不同；三、四年級和五、六年級的學生，也有些不同；甲和乙不同，你和我也不同。因此，詩的教學是要講求「策略」，而且不可一成不變；要不斷「實驗」和不斷「求變」以及隨機應變。

下列試舉幾種是我的做法：

1大量閱讀法

大量閱讀，好的壞的都讀；各種不同題材、各種相同題材的不同表現作品，都要閱讀。

大量閱讀，是認識詩的基本工夫。

從「大量閱讀」中，認識詩的各種面貌和表現技巧；

從「大量閱讀」中，分辨詩的好壞，提升鑑賞能力；

從「大量閱讀」中，體會詩的好處，並培養詩的濃厚興趣……

（「教學」前，教師必須與學生同時進行詩的大量蒐集、整理和分類的準備工作。這是「分享」的第一步，要有「東西」才能分享。）

2欣賞與導讀法

「欣賞」是為了確實感受詩的好處，教師可以趁機引導學生寫下自己讀詩的千百種好處（感受）；「詩的好處」需要依賴長久大量閱讀的累積。「詩可以說，可以演，可以唱，也可以玩。」因此，「詩的欣賞」依每一首詩的不同，可試圖用不同的方式來欣賞。

「導讀」是想深化「欣賞」的作用，使原先印象式的直覺感受，變成可以說出「所以然」的道理來，讓學生在混沌之中，有所感悟，知其「所以然」而說出「所以然」。

理想的「導讀」，教師不必急於為學生說出作品的主題、內涵和感受；應該讓學生自己先閱讀、欣賞，引發他們說出自己的感受，即使是片斷、單一、不完整，甚至誤解都無妨，並且需要給予鼓勵或肯定，以期提升更大的興趣。在適當的時候，教師再做補充、整理，為一首詩做出完整的導讀或重點式的分析與解釋。

對小學生而言，純粹（或單純）的閱讀欣賞，保守的說法，有時也是一種有效的方法。

3解說與討論法

「解說與討論」是延伸前面「欣賞與導讀法」的方式；對一首詩做適當的解說，引導學生集體討論，藉討論的方式，激發學生深刻體會詩的內涵，累積經驗並擴大對詩的認識。

在「討論」過程中，學生們是主要的「討論人」，尊重並重視他們的見解和感受，是教師應盡的責任，但教師可適度的參與，或誘導，切忌喧賓奪主。

4範例仿作練習法

「仿作」是練習寫作的必要過程之一，如果能夠跨越「仿作」的學習階段更好；「仿作」有單一句型仿作練習、整首詩形式仿作練習，相同題材、相同主題的仿作練習，以及「反仿作」的「仿作練習」。

「範例」的選擇是成功練習仿作的關鍵，教師要能自我養成為一個深具品味能力的鑑賞家。

5情境引導練習法

詩的練習寫作，從「欣賞」出發，讓寫作者內在累積一定的或充沛的「詩的能量」，在心裡產生一股強烈的表現慾望；「我想寫詩，我有詩要寫」，這種「創造性」的動機或動力，是可以靠「情境」引導，來培養寫作的意願。

詩是一種內在「微妙感覺」的表現；微妙的感覺，有時需要外在有利的誘因，對初學者而言，很難做到「無中生有」。所以「情境引導」，是教師利用機會提示、適時激勵。

6遊戲的寫作法

語言文字是寫詩的唯一媒介，為了引發學習者的興趣，掙脫束縛，追求創新，表達自己獨特的藝術形式，可以引導學生嘗試利用「遊戲」方式，拿文字來做「組合」、「排列」的遊戲，滿足孩童的遊戲心理，並體會文字不同組合所產生的情趣。

詩是尊重獨創性並講求創新的一種文學作品。大膽的顛覆文字、文法的常規，是值得嘗試和鼓勵的。

結語

一切隨緣，分享詩的好處，是「教學」上最大的目的。

一切「教學」都要講求「策略」；「策略」的運用，必須千變萬化，才能獲得無限的可能。

二〇〇三年四月，香港教育學院「童詩童話學與教研習會」講稿

地景文學書寫的魅力

——我的想法我的經驗7

一、緣起

二〇〇八年二月十九日至四月十八日，我應邀擔任香港大學首任「駐校作家」，為期兩個月；這項客座講學合約中，附帶有一項要求，規定在期滿結束後，半年內繳交一份以香港為題材、範圍的文學作品，作為寫作報告；文類不拘、數量不限。於是在這個春天，我開始了「地景書寫」的寫作計劃。

在台灣，近幾年「地景書寫」已蔚為風氣；新詩、散文、隨筆、小品文、遊記等各類文學作品都有；更有中央及地方政府舉辦「地景文學」徵文比賽，激勵全民寫作，成果豐碩。

二、地景文學書寫的要義

「地景文學」顧名思義，是寫一個地方的地景文物（含人文、地理、地貌、氣候、物產等）、民情、風俗以及作者敏銳、獨特的感覺和發現；其書寫要義，讓寫作者有機會關注自身生長、生存的空間和土地，更有機會貼近自己的心靈，喚起讀者改變對文學閱讀的興趣和觀感。

「自己的土地自己愛，自己的家鄉自己寫。」

什麼叫作「自己的土地、自己的家鄉」？

從小處看，一個人出生、成長、居住的地方，就是自己的土地，因為你是其中的一分子，你有權利在那兒生存，就有義務愛護它！

從大處著眼，宇宙有無數大大小小的星球，人類居住在地球上，地球只是眾多星球之一，人不分膚色、種族，都是同類；地球既然是人類共同居住的地方，它就是大家共同擁有的家鄉，每個人都是廣義上的同鄉；不分彼此，不分國界，理當互相尊重，和睦相處。

三、地景文學書寫的方式有哪些？

「地景文學」的書寫，必定是作者透過自己的感受，以「地景」對象，融入作者的思想、感情、感覺、智慧以及文學、美學的修養和發現，賦予個別作家的獨特觀點、敘述形式和風格所形成的氛圍而完成的文學作品。

地景文學的書寫文類，詩、散文、小說、隨筆、小品文、遊記、報導文學等各種文類都無妨；但一般常見的文類，大多以詩、散文、隨筆、小品文、遊記為主；個人認為以詩的形式來書寫最具魅力，尤其最能彰顯地景文學之美和作者獨特觀點、感覺所創作的藝術效果。

四、地景文學的魅力在哪裡？

地景文學的書寫所要展現的魅力，不是只有地景名稱、地貌、歷史、景物而已，最珍貴的文學、藝術魅力，是作者無形的思想、感情、智慧等，透過地景獨特的相關意象具體呈現。因此，地景文學的書寫，意象要鮮明、活潑的表現地景之美的獨特、豐蘊和想像空間的美感氛圍，讓當地讀者認同；如發掘他們從未發現、從未感受到的獨特之美；曾經在那兒出生、成長、居住或到過的人，也能喚起他們對它產生追憶、回味、懷念等深厚感情和關愛之意的獨特美感——豐富心靈的感受。

五、地景文學要特別掌握的是什麼？

一個人的思想、感情、智慧、修養、人品和品味，最為珍貴；作為一個書寫者，不論是否成家（詩人、散文家、小說家、作家……），如果他的思想、感情、智慧、修養、人品和品味，出了問題，寫作的出發點不夠純正，首先就會影響他的「文品」，文學藝術成就便無從提高，讀者閱讀時也很難獲得閱讀的樂趣，自然而然就無所啟發，沒有淨化心靈的作用。

地景文學書寫的動機，應該是純正的，出自於作者內在的自發性和自我要求；努力將自己內在之美運用文學、藝術的手法展現出來。

文學、藝術是具有「創新」的特質和要求，讀者擁有閱讀作家創新、好作品的權利；因此，寫作者應該無時無刻都得檢討自己、批判自己、鞭策自己、提升自己，掌握新的感覺、新的思維，不斷開拓新的視野、挖掘新的題材，創作新的作品。

六、個人如何經營這類詩作

詩是語言的藝術，她的本質是作者獨特氣質、感覺的特殊表現；因此，獨特意象的發掘、捕捉和塑造，是我寫詩、讀詩相當在意的一部分；在發掘、感受地景獨特之美的過程中，你必須以全新的觀點、全心的投注；所以「新感覺」的掌握是相當重要的，尤其要以不同視角、不同想法、不同思維、不同心境、不同意念去看待任何事物，儘可能的去表現言外之意、弦外之音……

當然，天賦、才具是有限的；但要想寫詩，你就不得不有如此向上爬升，有自覺的挑戰自我極限，向更新、更好的文學境地、藝術巔峰接近；這是寫詩的人首要具備的獨特精神。

（一）《般咸道詩抄》的寫作

香港是一個很特殊的城市，是極度發展的商業中心。

去年（二〇〇八）春天，我在香港大學擔任首任「駐校作家」，校方跟我簽訂的合約，我有義務以香港在地題材為書寫的作品（不限文類、篇數）在半年內繳交，作為活動結束後的文學寫作報告。

很順利的，在活動結束後，我離港不到二個月（六月上旬）便完成三十首六行以內的小詩，以「《般咸道詩抄》上卷」為輯名，提前繳交主辦單位。

般咸道位於港島西區半山，是港大校舍所在地；港大校門在般咸道九十四號，主辦單位提供我住宿的地方，在同一條路上的38號A（YWCA大樓五〇八室），步行約十五分鐘可達半山上校區；在港大校本部中文學院辦公大樓，我有一間專用研究室。

從YWCA大樓出來，要去港大我就向西走；如果向東，很快就走完般咸道，連接的就是堅道；在堅道上可搭電扶梯往下或往上（它的起點在皇后大道中、中環維多利亞皇后街交叉口處；電扶梯分幾段穿越過幾條重要街道）；往上可達半山區的干德道，往下可到中環中心；我大約只要二十分鐘就可以進入鬧區。

在般咸道我整整住了兩個月，除每天到校園走走，到研究室坐坐，看看書，偶爾上課、演講，我儘量少搭車，經常利用時間步行去市區，在走過的大街、小巷，上階梯下階梯，在百貨公司、在商場、在公園，尋找寫作的題材、發掘獨特的意象和感受，用雙腳和心眼去認識香港、感受香港城市中的獨特氛圍。

至於我用自己設定的「六行」以內（含六行）的小詩、特定形式來寫作，一則在實踐個人近年在泰國、印尼、大馬、新加坡、香港、大陸、台灣等各地倡導、推動小詩新美學的創作形式的計劃工作；一則是為了個人方便，可以駕輕就熟的預期完成這項寫作計劃。

這一輯小詩三十首，最近已在臺北一份大型雜誌《新原人》季刊，一次刊登。

（二）《九份詩抄》的寫作

《九份詩抄》是我今年的重點寫作計劃；這項計劃，早在二〇〇八年九月就開始；從港大回來後，我給自己有了較多的時間去九份，待在自己作為寫作、度假、接待文友的工作室——半半樓（以前礦工的老屋）。

九份位在臺北縣瑞芳鎮山區，是日據時期開發的金礦區，它是目前台灣東北部相當興盛的旅遊點，幅員很小，我稱它一街二路；基山街、輕便路、豎崎路，但地理位置特殊，依山面海。因建地有限，所有建築物都依山而建，房子不方正，形成獨特的山城景觀。

九份山城，過去是礦區，礦工住家居多，但精華地段過去卻聚集幾十家歡樂場所，還有醫院、戲院，廟宇也不少；因為採金全盛時期，燈紅酒綠，故有小香港、小上海之稱。

現在，基山街、豎崎路家家開店，每逢假日，人擠人，遊客爆滿，磨肩擦撞，不到一公里的一條老街，要穿越人牆、人縫通過，不花一個小時是無法走完，其熱鬧景象可想而知；我的小屋位在這條街的尾端，門牌是基山街182號；有間老礦工住過的近百年老屋，我叫它「半半樓」。

半半樓真的很小，十坪左右，以前只有地上地下各一層，現在加蓋一層；鬧中取靜，面向太平洋，原有兩層皆有一面約兩公尺半落地玻璃窗，窗外的山、蜿蜒的山路、海灣、海岬看得到太平洋和天空，都是我的；我很喜歡，它是我的工作室，也是我接待朋友的地方；我在那兒寫了不少詩，去過的和還未去過的朋友，也有不少為它寫過詩。今年我的寫作計劃，就是要為九份及其臨近的金瓜石、水濂洞一帶地景寫一本詩集；長長短短，已經寫了十七首；這些作品，也已陸陸續續在聯合報、中國時報、中華日報、國語日報等副刊發表。

附錄：

一、般咸道詩抄（六首）

〈香港的路〉

香港的路，有直的；
直的不長，長的不直；
這是學問。

彎來彎去，上坡下坡；
是香港特有的路；
是哲學，也是美學。

詩外：因地形關係，道路必須跟著繞來繞去，形成香港城市獨特的海港城市美學。

〈高度叫仰望〉

香港高樓的高度，不叫高度
叫仰望；
沿著每棟高樓外牆直線向上看，
看！九十度以上的天空，
才真正明白，什麼樣的高度才叫仰望；
仰望，不僅是高度，也是深度。

詩外：在高樓群中遊走，我不經意就會抬頭尋找天空。

〈**都是問號**〉

香港有堅道也有堅巷
香港有花園道也有擺花街
香港有東邊街也有西邊街
香港有水街也有山道

香港有醫院道不知有沒有病人街
香港有高街不知有沒有低街

詩外：香港街道命名，相當有特色；每條街道的來歷，都有它耐人尋味的故事。

〈**我走過的地方**〉

醫院有醫院道，在高街下面；
廣播有廣播道，在九龍塘那邊；

銀行有銀行街，在中環中間；
女人有女人街，在彌敦道旁邊；
電氣有電氣街，在北角裡面。
都是我走過的地方。

詩外：在香港，為了寫香港的詩，走路變成我認識香港的日常工作。

〈摺疊一條街〉

一條樓梯街，可以豎起來；
從皇后大道中，輕輕往堅道擺；
通常，我從堅道往下走
一階一階在腳下展開；像放把天梯
如果從皇后大道中向上登，一階一階
像收一把古老的紙扇；細心摺疊。

詩外：樓梯街的街名很特別，我在那兒上上下下走了好幾趟，感觸良多。

〈**砵典乍街**〉

一條石板路，十分不平；
一凹一凸，叫砵典乍街；
用石板鋪成，華人叫它石板街。

這條街不長，來頭不小；
從一九五八年，就頂著英國
首任總督名號，直到今天。

詩外：砵典乍街是條老街，見證香港一百五十多年英國殖民發展歷史。

二、九份詩抄（六首）

〈九份的雲和霧〉

是雲的家？霧的家？
常常分不清楚；是雲還是霧
他們總是那麼樣相像，在九份；

這座山城。
並不是很高；卻是，
該有的都有，也不分早晚
不分春冬，總會看到他們
結伴而來；也不坐車
也不搭船。

九份，真的有那麼美嗎？
哪樣迷人？
總是有人來了又來；像雲和霧。
也是來了又來，
一天好幾次，來了
又來了。

〈濂洞溪的石頭〉

彷彿，才拐個彎
從東六十二快速道路滑下來；
順著蜿蜒湛藍的濱海公路，
往前開，看到
一邊黃一邊藍的陰陽海，
向右轉，向金瓜石的山路走，才一上坡
一仰望，

黃金瀑布就在眼前，嘩啦啦嘩啦啦
衝下來……

再一仰望，高高在上的
茶壺山，黃金瀑布的水
是從茶壺山嘴倒下來嗎？
茶壺山裡的水，是天上倒下來的嗎
站在濂洞橋上，俯瞰
濂洞溪的石頭，個個金光璀璨
比九九九還要原始，
還要風光。

〈雨，集體落到九份的山城裡〉

夜落到谷底，落到
時間的谷底，落到
九份的谷底

燈光落到谷底，落到
夜的谷底，落到
時間的谷底，落到
九份的谷底

霧落到谷底，落到
九份的谷底，落到
夜的谷底，落到
時間的谷底
於是，夜的雨時間的雨天上的雨宇宙的雨
一整夜，沙沙沙沙沙沙
沙沙沙
都集體落到
九份的山城裡

〈基隆山的美〉

基隆山的胸脯，是豐滿的；
金瓜石那邊的人，都稱她
仰臥的孕婦。

凡能成為母親的，
都一定有她孕育生命的美；
我讚美生命，也讚美她。

〈九份的燈〉

九份的燈，每一盞
都不為自己點亮；
她們有一個
共同願望——

要為夜晚點亮，為美
點亮，為靜
點亮
更要為天上的星星，點亮

讓天上的星星，夜夜
都能看到
九份；九份是個適合夜遊
也適合她們移民的
好地方……

〈春天的九份〉

春天的九份
霧來了，雨也來了
遊客來了

都變成魚；

春天來了
九份在霧裡，也在雨裡
魚在霧裡，
也在雨裡……

春天的九份
霧來了，雨也來了
九份變成一個大魚缸，
有時透明，
有時不透明；

雨來的時候，
有的魚撐著傘，有的
穿著輕便的雨衣；

在雨中悠遊
編織雨中的風景……

霧來的時候，看不到海
也看不到路；
魚在九份不透明的雨缸裡
捉迷藏，只有近距離才看得到
不同的魚，不同的顏色；
來自不同的國家……

7 瑞芳圖書館藝文講座講稿。

古典詩與現代詩的對話

我是古典詩的門外漢，也不是現代詩的掌旗人；我是既不懂古典詩，也不懂現代詩的人；但我尊重古典詩，也偏好現代詩；我覺得這既不矛盾，也是矛盾；但我努力在這矛盾當中尋求平衡。

我很高興也很榮幸有機會參加這次「對話」。

關於「詩」冠上「古典」和「現代」這兩個特定名詞，我希望在這次「對話」中，能深入思考，把應有的概念釐清，讓自己也幫助讀者以後能明確瞭解：當我們說「古典」或「現代」的時候，就清楚明白指的是什麼？不再籠籠統統、含含糊糊、馬馬虎虎……但我的疑惑是多於答案的；所以，我事先很高興知道三位對談的詩人：邱燮友教授、張健教授和羅智成先生，他們都是具有「古典詩」與「現代詩」的專業背景和專精；是最好的請益對象。

一

從「古典詩」和「現代詩」抽離出來的「詩」，是我首先要思考的：

關於「詩」，我個人的認知和體會是這樣的：詩，就是詩。我認定「她」，是因為「本質」的因素；她的本質是詩，就無關形式或格律；「形式」只是她的一種「樣子」，她可以有千百萬種樣子，她更應該要有千百萬種的樣子；一首詩一個樣子，和一個人一個樣子是同等的道理；好或壞，由它自己負責。好，有人喜歡；壞，被人唾棄。

我認為「詩」是一種「感覺」，是美好的感覺、特殊的感覺；是美好的發現、新的發現；是美好的感悟、向善的感悟；是美好的情意、人道的情意……

因此，我的體會是：詩和美、和真、和善、和愛、和智慧、和創新……都是可以等同的；當我們面對一種美、真、善、愛、智慧和前所未有的創新所觸動的微妙的感覺的時候，那「美得像詩一樣」，其實那樣的感覺在心中所引發的作用，就是詩的作用；那種感覺，就是詩的一種獨特的感覺。

「詩是心靈之火」（張永健語），要能點亮讀者的心。

二

關於「古典詩」和「現代詩」這兩個相對的話題，我想先把「詩」抽離，先談談我對「古典」和「現代」這兩個詞的疑惑；「古典」是什麼？「現代」又是什麼？

我現在擔任《乾坤詩刊》發行人兼總編輯。這份詩刊的創辦人，是寫新詩也寫古體詩的詩人——藍雲先生。《乾坤詩刊》創刊於一九九七年一月，今年邁進第十一年，已出版四十六期。它的宗旨是：古典與現代相容並蓄；有三分之二篇幅刊載現代形式創作的詩及討論相關的文章，另三分之一刊載古體形式的詩詞和相關的論述。

我們的「稿約」，有關「古典詩詞」的稿件，註明「希望遵守固有格律。近體詩應避免孤平、失粘、失對、下三平、下三仄等情況。詩韻以通行之《平水韻》，詞韻以《詞林正韻》為準，採《中華新韻》者，礙難刊登。」這是我們古典詩主編林正三先生遵守的基本原則；我不知道當初創刊時訂定的精神是什麼，我三年前接任時沒有注意這些，因為我尊重專業和專家，不做外行的事。至於現代詩部分，就沒有相關規定或要求。

從這則稿約的要求來看，顯然我們所指的都是形式上的規矩或原則，與詩的本質上的精神內涵無關。就嚴格的觀點或周延性來檢討，也許有不同主張、不同詩觀的專家學者會發現有值得商榷或補充修訂的意見，我個人也覺得有再深入思考的必要，希望能藉這次對話聽到不同的聲音。

三

今天面對「古典詩與現代詩的對話」這個主題，在我個人來說，能說出的答案很少，疑惑的問題倒是不少。

關於「古典」一詞，我在《辭海》的「古典」辭條裡查到的是這麼說：「（一）謂古代之典章也。後漢書儒林傳論：『乃修起大學，稽式古典。』（二）英文Classic，本羅馬語，原義為最高階級市民之別稱。近世用之於文學，有二義：一、指超越時代好尚，而自有其不朽價值之著作；二、指古代希臘及羅馬文學。」這意思是相當明確的。因此，我的看法是：將我國古代從「詩經」、「楚詞」、「唐詩」、「宋詞」一直到明清的詩詞作品等，經過時間篩洗而留存下來的珍貴作品統稱為「古典詩」，我是認同的，並且認為值得我們好好品賞，作為涵養我們詩學的豐厚的養份；但現代人要拿前人創下的既定的形式和格律寫作的詩，作為「古典詩」，我是有疑惑的；因為現代人從事舊有形式或格律寫作的詩，只做到合於「古典詩」的形式和格律，它若沒有自己創新的意念、語言、意象、意境，又如何有「超越時代好尚」而成其為「古典」的「詩」？

四

至於「現代詩」，到底又應該指什麼樣的「詩」才是「現代」的？我也是相當疑惑！「現代」一詞，有「現在」、「現世」的意思；在我國史學家大抵稱民國以來之歷史曰「現代史」或「現世史」，西方則約以十九世紀以來之歷史稱為「現代史」。

從民國八年新文學興起之後，以白話文寫作的詩，一般稱為「白話詩」、「自由詩」或統稱為「新詩」；「新詩」相對於舊有形式的古體詩來說，是一種籠統的說法，但至今還是通用的；「白話詩」、「自由詩」的說法，就少見了。

「現代詩」最早應該與西方的「現代主義」有關；西方的「現代主義」（Modernisrn）主張「現代人類應陶育於現代文化之中，力求與環境相適應之學說。」（見《辭海》「現代主義」之辭條）其所衍生的「現代意識」、「現代精神」，影響至今的文學、藝術、建築、科學、醫學、宗教、文化、經濟、政治、教育、生活等等所有人類文明的發展；「現代詩」在台灣落腳、生根、茁壯、開花、結果，應該是從上世紀五十代初現代詩人紀弦等從中國大陸帶來的種子有關，他主張「橫的移植」的詩觀，並且成立「現代詩社」，組成「現代派」，發行《現代詩刊》；儘管後來紀弦因某種現象自己宣告取消「現代詩」的說法，但「現代詩」一詞，在台灣當代詩壇還是普遍被沿用，不過與現代派所謂的「橫的移植」已不盡然相同。

時代會變，詩觀會變，詩也自然會不斷的演變。演變的結果，會產生「融和」作用；「古典詩」和「現代詩」必然也會有「融和」的作用；但不是形式或格律上的「融和」，是「本質」上、「精神」上的無形的「融和」。

五

以下是我針對這次對話的主題想拋出的一些問題，也是我對「古典」與「現代」這兩個主詞所指涉的「本質上」的意涵所產生的一些疑惑的問題，希望能有機會進行充分思考和探索，也可作為本次座談的延伸思考和探索，和未能與會的同好們擴大交流：

一、古典的意涵是什麼？
二、現代的意涵又是什麼？
三、古典詩應該是什麼樣的詩？
四、現代詩應該是什麼樣的詩？
五、古典是本質的還是形式的？
六、現代是精神的還是形式的？
七、古典詩是適合欣賞的還是創作的？
八、現代詩是創新的還是泛指現在的？
九、真正的現代意義及其精神是什麼？
十、古典詩與現代詩的關係是什麼？

六

寫到這裡，我想起在《新原人》雜誌讀到印度前總統、詩人阿布杜・卡藍博士，二〇〇七年九月在印度清奈市第二十七屆世界詩人大會開幕致詞〈偉大的詩聯繫了文明〉中，有一句非常重要的話，值得借來和今天與會的所有詩人前輩朋友共勉；他說：

音樂生於詩詞，詩詞生於思想，思想自創新心智中萌發。

二〇〇八・五・三十一，研究苑

二〇〇八・十・二十八《孔孟》月刊刊載

評介卷

在風城的風聲

——讀非馬的詩集《在風城》1

讀非馬的詩，我有極高的興趣；因為他的詩短，取材平常，詩想特別自然，節奏明快，意象突出，表現含蓄，又有深遠的意境，茲摘要談談。（詩題前數字標示該詩在詩集中的次序）

8.〈鳥籠〉

打開
鳥籠的
門
讓鳥飛
走

把自由
還給
　鳥
　籠

這首詩只有一個意念，他用十七個字表現出來，精簡到不可再精簡的了。全詩其實只有三句話，很平常的，但不平常的是他的矛盾語，也就是他的想法：「讓鳥飛走，把自由還給鳥籠。」

在這首詩的前面有一首叫〈籠鳥〉，排在一起，可以把它們當作是一幅「連作」；他說：

好心的
他們
把牠關進
牢籠
好讓牠
唱出的
自由之歌

嘹亮
而
動心

是一樣的手法，一樣的心意，對籠中鳥表現了一種蘊涵的悲憫。不過，我不喜歡它的排列，故意斷句，除節奏的和緩外，甚覺勉強。

14.〈照相〉

鎂光燈才一閃
便急急收起你的笑容
然後在一個發霉的黃昏
你對著發霉的相簿悲嘆
唉快樂的日子不再

這首詩我讀後打了兩個圈圈，我覺得他的詩想非常特別，極深刻的心理表現，如第一節那兩行：「鎂光燈才一閃／便急急收起你的笑容」，足見他有敏銳洞察的心眼。不過，我現在再推敲，也發現了他有不夠完美的地方，如第三節那單獨的一行：「唉快樂的日子不再」，破壞了我原來對它的印象，減弱了原有的震撼心弦的力量。現在要減掉一個圈圈。

15.〈新與舊〉

囂張的
新鞋
一步步
揶揄著
舊鞋
的
回憶

這首詩表現了一種哲理，頗耐人玩味。雖然只是三兩句話的拆斷排列，卻產生了不可更易的「對比的」形式，用字準確，給人無盡的聯想，是一首好詩。

21.〈致索忍尼辛〉

你使我想起
一隻
被主人用棍子
無情地驅趕
哀叫著躲開
而又怯怯挨回去的
狗
怕一走得遠些
便永遠失掉
回家的資格

你使許多人
不管他們身在何處
在心中
都成了
真正的
喪家之狗

索忍尼辛因獲諾貝爾文學獎，被蘇俄當權者驅逐出境，而轟動整個世界。他的忠愛國家，在他被驅逐之後所表露的，無一不令人感動和敬佩。非馬寫這首詩，以「喪家之狗」來比喻，真把他的忠愛精神表現無遺，我至為欣賞。索忍尼辛是值得敬愛的，他的遭遇是令人心痛的。

23.〈**長城謠**〉

迎面抖來
一條
一萬里長的

臍帶

孟姜女扭曲的

嘴

吸塵器般

吸走了

一串

無聲的

哭

在字面上，似乎看不出這首詩與懷念故國有何關係，但細加思索，卻有不可否認的他在抒寫這方面的哀思，其悲愴的程度是「無聲的哭」比有聲的哭更甚。他用了我們熟悉的民間的傳說「孟姜女」哭倒萬里長城，而以現代用具「吸塵器」具體的比喻孟姜女哭得死去活來而「扭曲的嘴」，著實令人驚嘆！第一節的「迎面抖來／一條／一萬里長的／臍帶」尤其寫出萬里長城之與每一個中國人的關係，是剪也剪不斷的吧！怎不教人懷念呢？

32.〈**靜物4**〉

懨懨了
一整個冬天
的
瘦花瓶
在暖暖
初春的
陽光裡
猛咳一陣
之後
吐出了
一口猩紅
猩紅的
鮮
玫瑰

〈靜物〉有四首，我喜愛第二首那緊張屏息的時刻的心理刻劃，但更喜愛第四首那像馬蒂斯喜歡用大紅大綠，而簡潔有力的筆觸畫成的油畫。不過，這首詩的斷句是斷得有些過分了！

31.〈煙囪〉

在搖搖欲滅的
燈火前
猛吸煙斗的
老頭

只想再吐
一個
完整的
煙圈

把「煙囪」比喻為一個老頭猛吸著煙斗並不稀奇，但寫「在搖搖欲滅的燈火前」，還想再吐一個完整的煙圈，就不再是平常的了，我們可以想像得到，那是象徵生命力的表現。

36.〈門〉

老處女的
雙唇
童貞
在它裡面

這首詩是非常成功的，是最高技巧的表現，是「圖象詩」的傑作，屬於印刷發表的，重看、重思考的作品，不是用來聽的，所以要印出來看，才能體會出那緊閉著的「門」，如「老處女的雙唇」，究竟蘊涵些什麼？好像「老處女」的整個青春。

41.〈從窗裡看雪〉

1

黑人
的
牙齒
不再好
脾氣地
咧著

2

被凍住歌聲的
鳥
飛走時

掀落了
枝頭
一片雪

3

雪上的腳印
總是
越踩越
深
越踩越
不知所
云

4

下著下著
　在想家的臉上
竟成了
　亞熱帶
滾燙的
　陣雨

5

冷漠使我們獨立
　互不相屬
小心翼翼
連大氣都不敢一呼
　只要太陽不露面
將有個白色聖誕

6

枯樹的手
　　微顫著張開
向上
老農臉上
　　龜裂的土地
　　綻出
新芽

7

突然鳴響的鐘聲
　　撼落
高聳塔尖

十字架上的
雪

〈從窗裡看雪〉可以看到一個非常寧靜的世界。在《在風城》這本詩集裡，我最最喜愛這首的意境，它的意境是空靈的。全詩計分七節，分開，都各有一個完整的畫面，而連在一起，不僅構成一幅完整的景，還表現了秩序的感覺。從第一節寫初降雪開始（請注意它的排列），到第二節、第三節的慢慢加深加厚，而表現出如身歷其境的畫面。到第四節，雪簡直下到了頂點，使人覺得是「滾燙滾燙地」，如「亞熱帶／七月的雨」好像是傾倒而下，真夠壯觀的。第五節，「白色的聖誕」即意味著一個屬靈的節日即將到來；就這樣到處都降滿了雪，象徵著平和的季節裡，雖然感到冷漠，卻掩不住心中的企盼和喜悅，所以到了第六節，雪已開始融化，我們已經看到了——

枯樹的手
　微顫著張開
向上
老農臉上

龜裂的土地
綻出
新芽

而表現出多層象徵的意味，到第七節，我們像經歷了一個降雪的季節，那：

突然鳴響的鐘聲
撼落
高聳塔尖
十字架上的
雪

彷彿看到了人們已從嚴冬禁錮的屋子裡走出來，抖掉了所有的寒意，又開始活動起來。那「突然鳴響的鐘聲」寫得真是好極了。佩服！佩服！

49.〈今天上午畢卡索死了〉

靜靜把多餘的午後消磨掉
好幾次走近窗口
看天上
是否出現最後一個驚奇

那顆太陽在鄰居的屋頂上
久久落不下去幾乎使我想起
永恆。今天上午畢卡索死了
不知那三個樂師
要奏些什麼曲調
不知那隻灰鴿
要往哪個方向飛

這雙頑皮的手
伸進來顯示

這世界還柔軟得可捏可塑
現在卻悄悄縮回去了
我下意識地伸出雙手想挽留它們
卻猛覺這舉動的幼稚可笑
便順勢為它們熱烈鼓起掌來

這首詩是屬於悼念的，卻無一絲感傷的情調。非馬是一位傑出而與眾（至少是與國內詩人）不同的詩人，從這首詩可以看得出來。對於這麼一位了不起的畫家的死，以及他的成就，實在想不出來還有什麼比得上「熱烈地鼓掌」更為貼切。由此也可以窺見詩人所重視和讚賞的，是永恆不朽的精神業績（作品），而不是肉體的生命。

53.〈港〉

霧來時
港正睡著

噩夢的怪獸用濕漉漉的舌頭舔她
醒來卻發現世界正在流淚

目送走一個出遠門的浪子
她想為什麼我要是南方的不凍港

這首詩是暗喻的，寫作者自己；「為什麼我要是南方的不凍港」正寫著他日夜縈懷著的鄉思、鄉愁，只是他很巧妙的暗喻，不容易被發現罷了。我非常感動於他這份懷鄉思國的情操，在今天，這是多麼難得的啊！

這首詩的成功，讓我們看到作者除了精於「分析」，擅長捕捉事物的準確形象外，也還有抒情婉約的一面，值得細細品味。

《在風城》這冊詩集裡，共有五十八首短詩，有很多都是好作品，我這裡所選出的十一首，是我特別喜歡的，比起洛夫的《魔歌》[2]來，不知要高出多少倍。

看過這冊詩集後，我覺得非馬是屬於「意象派」的，如美國的E・E康明斯，喜歡把句子拆散，做不合文法的排列，使其準確的形象更為突出，而獲得對比的意趣，如第四十一首第一節的「黑人／牙齒／咧著」，產生特殊的外延效果。不過，太多的不當的斷句，也往往帶給讀者不自然的感覺。這只是就表現的方法而言，到底他的精神、思想，還是東方的。

非馬的詩，取材都很平常，也不大愛處理什麼生死的大題材，似乎都是一些日常可以看到的小小的事件，以及一些剎那間的感觸，但他有他特別的詩想，使最平常的東西，如「門」，都成為不平常的作品。讀他的詩，這是最值得注意的。至於「語言」，那是隨「詩想」而產生的，只要「詩想」成熟了，「語言」自然而然就流露出來，不是勉強可以得到的。

今年出版的詩集，已有二十餘冊，每一冊我都讀過，卻只有《在風城》這一冊詩集，才引起我最多最深的感觸。

一九七五年十一月四日午夜，南港

原載《笠詩刊》七十期，一九七五年十二月十五日

1 《在風城》（中英對照）非馬第一本詩集，笠詩刊社，臺北，一九七五。

2 《魔歌》詩集，同年出版。年來洛夫寫詩評論最喜歡用「比較」的手法，我非常非常的敬佩，所以在這兒破例抄襲他最有效的獨家的「比較的」評論方法。

怪，其實也不怪

——談德俊的四首怪怪詩

一

德俊最近有一本詩集《樂善好詩》，八月在臺北遠景出版，我在七月底就收到，一時沒有時間可以仔細讀，卻一直把它帶在身上；到九月一日下午才把它看完。這段時間，我去過高雄美濃，去過曼谷、吉隆坡，去過馬祖南竿、東莒，去過金門金沙，去過宜蘭、礁溪，……它跟著我搭過公車、客運、捷運、火車、高鐵，搭過飛機、坐過船，極少有過一本書像它這樣跟著我到處跑，也周遊列國。

我要說：這是一本「怪怪書」，我也「怪怪讀」，走到哪兒就讀到哪兒。讀完之後，我有想到要為它寫點什麼，可是時間又過了整整一個月，我什麼也沒寫！

二

現在《創世紀》傳來邀稿函，指定為下列四首詩：〈第一頁〉、〈貓咪伸展操〉、〈名片交換論〉、〈議程表．演〉，寫一篇一千二百字短文，談談它們有何優缺點——這四首詩都收在《樂善好詩》裡。我是德俊的「粉絲」，我當然要寫；何況我早就想寫。

德俊四、五年前曾和許赫發起「玩詩合作社」，邀約紫鵑、大蒙等諸多朋伴一起「玩詩」；玩得風風火火，辦過幾次「玩詩物件展」，也趕過十多場大型的「創意市集」。前兩年，我不認老，也和他們一起玩。記得我二〇〇三年四月初，應香港教育學院中文系邀請，赴港參加「第二屆童詩童話學與教研討會」，我在會上首次提出「說詩・演詩・唱詩・玩詩」的專題報告，我這個老頑童的「玩」的概念，竟然差不多和德俊他們這夥年輕朋友的想法，不謀而合；所以我很贊同他們的玩法，也很欣賞他們玩出來的成果。「玩」是很重要的，屬於創作思考的發端，至於玩得「好」、「壞」，就不是很重要了。

三

德俊這四首詩，其實不只四首；因為〈名片交換論〉，有「大都會版」和「小鄉村版」，可算是兩首的組詩。好，就算四首吧！現在就從第一首談起：

〈第一頁〉是放在「卷首」，接下來才是向陽的推薦序和自序。我一開始就說：這是一本「怪怪書」，意思是「有創意的一本詩集」；所以〈第一頁〉很重要，在編排和設計上，有意揭示作者在這本詩集中企圖（用心）想給出什麼；請看它的最後一行：「愛上了某種相對論所以無限」，是否有所暗示？如果是，就不用計較「好、壞」了！喜歡就好。

〈貓咪伸展操〉這首詩的形式，藉鐘面來呈現，是「設計的」，也是一種「創意」；圓圈中間的軸心置一個「號」字，在1和2點、10和11點之間，分置時針和分針；一共有十二行詩句，分佈在十二個小時的位置上，每句行頭各有一個「符號」，每個「符號」都和該行詩句的含意有關，軸心的「號」字是十二行詩句都共用的最後一個字，比如十二點位置的那一行：「……」是「踮腳尖，踩著無聲刪節「號」」；至於這首詩，該從哪行唸？依我看，任何一行都無妨；玩嘛，有什麼好計較？其實也不僅僅是玩而已，應該還有更重要、更珍貴的意蘊，那就憑各人的想像、感受去理解了。

〈名片交換論〉有「大都會版」和「小鄉村版」兩首；在第一次讀這首組詩時，我用鉛筆在它下面打了勾又加上三個圓圈圈，表示我很喜歡；「喜歡」當然要有理由，我的理由是「深獲我心」，或說「刺痛我心」；尤其每一首的最後一行，都以「請多指教」結束，更是「絕・妙」！當然，「名片交換論」的主題和創意，一開始就擄獲我心，不得不佩服。

最後要談的是〈議程表・演〉；其實，面對德俊這本《樂善好詩》的詩集，可以談的還很多，沒有所謂「最後」，只是這篇短文，編者有明文約定，我只能再寫一行字：這首詩，足可好好寫成一篇碩士論文。

二〇〇九年十月一日，十五點五十七分，研究苑

二〇〇九年十二月《創世紀》詩雜誌

再加一分滿分

——評介一首絕妙的詩／試讀管管〈「九份」加一〉

一、詩選

〈「九份」加一〉

分成九份
你一份
他一份
我一份
山一份
海一份
霧一份
雨一份

再分成九份
它一份
牠一份
她一份
性一份
酒一份
死一份
盜一份

金一份　　黑一份
酒家一份　白一份
另外的一份是
坍塌一份

（選自《創世紀詩刊》一五九期，二〇〇九年六月）

二、我的讀法

這首詩應該怎麼讀？我想這個問題應該是很簡單，是屬於沒有問題的問題；你愛怎麼讀，就這麼讀，我也就這麼讀：

分成九份
你一份
他一份
我一份
山一份
海一份

霧一份
雨一份
金一份
酒家一份
另外的一份是
坍塌一份

再分成九份
它一份
牠一份
她一份
性一份
酒一份
死一份
盜一份
黑一份

白一份
另外的一份是
坍塌一份

我就是這樣一行一行的讀下來。如果不這樣讀，那還有什麼樣的讀法？當然有，我可以還有其他的讀法，其他的讀法我戲稱為「亂讀」；就是把它「打亂了」重組再讀！試讀如下：

（一）打亂之後的第一種讀法：

分成九份　再分成九份
它一份　牠一份
他一份　她一份
你一份　我一份
山一份　海一份
酒一份　性一份
霧一份　雨一份

死一份　盜一份
黑一份　白一份
金一份　酒家一份
另外的一份是
坍塌一份

(二) 打亂之後的第二種讀法：

分成九份　再分成九份
山一份　海一份
雨一份　霧一份
你一份　他一份
我一份　她一份
酒一份　性一份
它一份　牠一份
盜一份　死一份

金一份　酒家一份

黑一份　白一份

另外的一份是

　坍塌一份

（三）打亂之後的第三種讀法：

分成九份　再分成九份

黑一份　白一份

酒一份　盜一份

性一份　死一份

雨一份　霧一份

金一份　酒家一份

海一份　山一份

牠一份　她一份

它一份　他一份

你一份　　我一份
另外的一份是
坍塌一份

當然，你也還可以再有其他的讀法。

三、我的印象九份

我大概是五六歲時第一次去九份，那是我父親帶我去的；因為我的二姊在那兒當養女，因為是去吃拜拜，因為是自己還太小，因為是陰天或下雨，因為我所看到的每一間房子的屋頂、甚至牆壁，都是黑色的；塗過瀝青的那種烏亮的黑，所以從小我對九份的第一個印象和最深的印象，就是黑黑的，也正如管管這首詩中分出來的那一份黑；此外，還有雨、有霧、有山、有看得到的就在眼前的太平洋的海。

長大之後，我也偶爾會再去九份，因為二姊還在那裡，因為去了那裡，三餐就有比在自己家裡吃的好很多的東西可以吃，慢慢的對九份就有了更多的瞭解；瞭解了九份為什麼比我出生的地方——宜蘭礁溪繁榮？因為小小的一條街就有幾十家金店，因為小小的一座山城，就有好幾座金礦，也有一家昇平戲院和醫院，也因為有好幾棟洋樓，還有不少的酒家，夜裡燈火通明，而有「小香港」、「小上海」之稱，也自然有不少的野貓野狗……這些這些，大概就是管管這首詩中所謂的「金一份、酒一份、酒家一份、性一份、死一份、盜一份、它一份、牠一份、他一份、你一份、我一份、白一份……」大家都有一份了，是很公平的！

當然，這些說的都是我在上個世紀五六十年代所知道的、遺留下來的大部分印象，現在已有很大的改變了！酒家早就不見蹤影，金店也沒了，「坍塌的一份」當然也是過去式了，不再是上世紀六七十年代所呈現的那個「悲情城市」。而原來的一條小小窄窄長長彎彎曲曲高高低低的基山街，已經成為遠近馳名、人潮洶湧、遊客穿梭不斷、川流不息的觀光之河了。

至於「九份」地名的由來，我很久很久以前聽來的一種版本，是這樣的：

在古早古早以前，一百多年前吧！九份還少有人跡，在偏僻荒涼的山區，只有住著九戶人家；交通極為不便，要到三公里外的山下瑞芳市區，買辦日常生活用品、食物，都得靠兩條腿走路；下山上山，來回一趟，大概就去了大半天！因此，久而久之，這九戶人家彼此發展出一種互助合作的默契：哪家要下山去買東西，就說好代其他八家一起買，常常一樣東西一買就是九份；也因此久而久之，商家一看山上人家來光顧，就大聲呼叫著「九份的來了」！「九份」就成了這山區的地名；而這歷史，少說就是一世紀以前那麼久的事情了！「九份」、「九份」，這是多麼親切、多麼有人情味的地名啊！

說來，九份的確是一個很獨特的地方；它有獨特的地理位置，因此氣候獨特；它有獨特的發展歷史，所以人文獨特，觀光發展也獨特……將來也一定會有更好的獨特的發展；我自己曾在一首詩中〈九份的美〉，說它是一座「上升的山城」，尤其入夜之後，遠遠的望著它，實在美極了！我想像著，如果天上的星星都要移民的話，也有可能會想移民到九份來定居吧！

四、我所喜歡的這首詩

我喜歡管管寫的這首九份的詩，它也是獨特的；戲謔之中帶點兒禪味。當然，它也跟我對九份的瞭解，以及我對九份的一份因緣感情有關；但就詩論詩，還是因為它的詩思獨特，表現形式獨特，引起我對它的好感；還有它的語言樸實簡單、意識清楚明朗、意境韻味無窮，可以有很多想像的空間。是獨特的一種有創意的表現，可說「九分加一分」，十分難得的書寫九份的一首代表作，值得有關單位好好做塊詩碑，豎立在九份適當的地方，為九份獨特的歷史人文以及觀光事業的發展，再加一分。

二〇一一年四月十三日八點五十五分，四月十七日上午修訂，新北市汐止研究苑

二〇一一年《文訊》雜誌

詩人，為誰用心

——讀蘇善第一本詩集《詩藥方》

讀蘇善《詩藥方》，發現她是很有主見的在處理她的作品；更重要的是，應該說她寫詩是滿清楚自己在寫什麼？要表達什麼？絕不像大多數「詩人」不知自己在寫什麼？要表達什麼？

蘇善把她的第一本詩集命名為《詩藥方》，她是清楚明確的要告訴讀者，她的這本詩集是「有用的」；至於對誰有用，那就看你怎麼解讀它。依我個人淺見，我會想到有兩個部分：

首先，我會解讀為她自己，因為寫詩對作者而言，廣義的說，是有「自我療癒」的作用，比如作者精神苦悶，可以透過寫詩（也包括其他文類的書寫）獲得紓解苦悶的情緒，甚至得到昇華。其次是對讀者而言，閱讀也有「治療」的作用，它當然是屬於精神層面的，對心理、心靈有慰藉作用。人類精神層面的需求或問題，向來是複雜的，詩文學究竟能否對症下藥，當然是因人而異，不可能都做到「藥到病除」，帖帖發揮效用；不過，如果你能養成習慣，天天閱讀，經常閱讀，我認為讀詩一定會有它的好處。

好吧！我不要做太多「傳教」的事，說太多「傳教」的話，還是針對我答應編者邀稿的事——談蘇善這本詩集；回頭來看蘇善究竟她是如何用心編她這本「詩藥方」？

這本詩集計分為七帖：

第一帖「通血脈」，計有十八首，等於有十八種處方，可以針對十八種不同症狀的患者提供不同醫療方式，多好！

第二帖「解憂鬱」，計有十七首，等於有十七種處方，也可以針對十七種「憂鬱症」患者提供不同的處方，真好！

第三帖「緩躁急」，計有十九首，也等於有十九種處方，對不同「躁急症」患者提供不同醫療方式，實在是太好了！

第四帖「清淤積」，計有二十二首，等於有二十二種處方，可供需要「清淤積」的患者這麼多醫療方式，這不是很棒嗎？

第五帖「有疾則治」，計有十首，等於有十種建議，因為一般人有亂吃藥的習性，蘇善應該屬於有良知有醫德的「詩醫生」，不會隨便要人家「無病」亂投醫，這是很難得的！

第六帖「無病固體」，計有八首，也等於有八種建議，因為有些藥方是屬於中性的，具有滋補作用，尤其中國藥膳材料之類；蘇善似乎很像一位中醫師，深諳其中奧妙！

第七帖「副作用」，計有十二首，等於有十二種警告：有些藥方是有「副作用」的，「有一好就沒兩好」；明白告訴患者，這世間沒有所謂的「仙丹」，再好的藥都不可能適合每一個人！

哇！有這麼多「妙方」，應該足以使這本《詩藥方》受到各方的好評，對年輕詩人蘇善來說，這是很不容易的事；未來應該是會被看好的。

我認識年輕詩人蘇善，是今年一月七日的事；那是在新店寶強路七號，由年輕詩友黑俠、龍青合力經營的「七號咖啡」。這裡是年輕詩人很喜歡聚集的溫馨的小窩，已經成為很有名氣的「咖啡藝文特區」；我因為有一個讀詩會，叫「行動讀詩會」，每月最後一個禮拜六下午會在那裡聚會、討論成員彼此寫的新作；通常會有十位左右的年輕朋友參與，很自由的來來去去。這一天，我們是另一批詩人的聚會：《乾坤》詩刊同仁在這兒商議、討論籌備《乾坤》十五周年慶的事；蘇善是自己靜靜坐在一個角落，看書、喝咖啡，是黑俠介紹才認識的；而且她當場送我一本剛剛出版的詩集，就是《詩藥方》。

我知道「蘇善」這個名字，是更早以前；那是在《國語日報》的「兒童文藝」版上，因為我喜歡兒童詩，常常閱讀孫子看過、不定期帶給我的舊報紙，蘇善常常有為兒童寫的詩在這個版面發表，我對她的名字以及她寫的「兒童詩」，早有印象；但我的印象是錯誤的，一直以為蘇善只是為兒童寫詩的作家，等看了她的《詩藥方》，才知道她和我一樣，不僅為兒童寫詩，也為自己和成人寫；我稱為「全職詩人」。

讀蘇善這本詩集，我發現的確有很多好處，不管她的本意、創作動機為誰，我常常認為：寫詩最大的意義，是為自己，成就自己；如果有人看它、讀它，那是另外的一種意義；甚至我還會認為，那是寫作者生命的另一種再生和延續。

當我讀到蘇善的〈Where You Come From〉這首詩時，它讓我的思緒沉淨下來；不論生命是從哪兒來？也不論你是在哪兒誕生、成長？你能否認你跟你生命來自的母體、土地的關係嗎？你能不想想、思索你「繼續滋養後代」的責任嗎？寫詩的文字是何其單薄，但寫作者的心思、情感的注入與付出，是多麼的不容忽視。又讀〈聖戰PSP－2009〉，我雖然不懂電子遊戲是否有這類「遊戲」，但我仍然能夠感受得到，蘇善要寫些什麼？企圖想表達的真正的意義是什麼？等等，比如我讀到這首詩的開頭：「一隻鞋子在故事裡等待，作者已死／本該飛出九一一頁的鴿子未啣欖枝回來／詩流成河，／迦南地堆疊屍塊／集體勃起槍桿與歷史造愛，／有炮火射精，竄出天使的腦袋，／……」你不會有現實的種種悲慘事件的聯想嗎？你不會有鼻酸、悲憫的情緒起伏變奏嗎？再細讀反思〈達爾文之火〉，你會有何感受？她在詩中說：「那朵曖昧／真的好美／盛開在黑白之間的懸崖／勝過／實驗室的嬌蕊／／愛上了就對／賀爾蒙超越一切／兩隻蛾驗明魅惑的氣味／撲向達爾文之火／在顯微鏡下交尾」，這是多麼的有想像空間，不只告訴你人類或昆蟲，凡有生命的萬物，不都如此無法逃脫宇宙大自然的定律？詩，短短的幾個字，又何以能有如此不可抗拒的魅力？所以，它的療效自然不能輕忽，但看我們自己要不要、懂不懂得親近詩！

蘇善有一首〈屍塊〉，寫得真好，也深獲我心；詩分五段，前面三段各兩行，都以相同句式、形式，重複加重表現她對世間人性齷齪殘忍爭戰不息的憂心；最後一段，她寫道：「屍塊豈止壘壘／甚至你肢解他者猶如肢解自身／以為掩鼻偷香／再也嗅不出血腥紅」，詩人是多悲憫的，具有悲天憫人的胸懷，蘇善也一樣、甚至有更多女性特有的大愛，在她詩裡行間汩汩湧現，不勝枚舉。

這本詩集的「帖五」、「帖六」、「帖七」，是用閩南語閱讀的所謂「台語詩」；從這部分作品，也可以看出蘇善對「語言」、「文字」的尊重，她不「亂來」，故意讓人不知在寫什麼；她不僅尊重詩的表達媒介——「語言」和「文字」，更重要的是，她真誠對待詩；她沒有忘記她在寫詩，不論寫什麼樣的詩，都沒有故意要和讀者作對，誠誠懇懇的寫「母語詩」；以〈橫直〉為例：「人生好比一盤棋／正腳行直／左腳走橫／／腦中畫山／心內湧海水／想欲贏／驚輸去／／未記生死早登記／來世間這回啊／不如用趣味找智慧」，這是多麼耐人尋味的的一首好的母語詩！她的用字，淺白易懂，字字都可以用閩南語念得出來，而且是那麼順那麼有韻味那麼有詩味，一點也不為難讀者，是值得很多自認為大師、前輩的寫「台語詩」的詩人們，參考、學習。

我喜歡讀蘇善的詩，在這之前，我只讀她的「兒童詩」，現在我讀她的「成人詩」；以後，看到她的詩，我兩種都會好好的讀。

二〇一二年四月十九日十點五十分，研究苑

《世紀吹鼓吹——網路世代詩人選》蘇紹連編，二〇一二年九月二十日爾雅版

沒有論斷的必要

——讀香港陳中禧的詩與詩劇合集《刮風的日子》

詩，寫給誰看？給「知音」看。

「知音」難尋，本來就少；每個詩人，都知道。所以，「知音」少，詩人，他、或她，都不會難過。

台灣有位知名現代詩人，叫詹冰，他的詩觀很特別；他說他寫詩是用「計算」的。我想，他的意思該是，或可解讀為「精確」；「精確」的思考、「精確」的用語言；語言文字的藝術安排，就是詩。當然，還有其他。

讀香港女詩人陳中禧的詩與詩劇合集《刮風的日子》，也有「精確」、「計算」的感覺；但她與詹冰的不同，是「後現代」和「現代」的差別。

一開始，我就為她的「精確的用電腦計算文字」得出獨特排列位置呈現的形式所震懾；當然，也還有其他。

我的第一印象，也是最終的感受；是，依然是「精確」兩個最簡單的字，但不是「最簡單」的意思。這種「精確」，是她擅以駕馭電腦計算、超乎女性先天溫柔感性的秉賦；有「後現代」女性以知性、理性取勝的「機智」。

我懂嗎？懂，只懂一部分；不懂的，還不少呢！

中禧的詩的語言，有一般所說、所書寫的華語，但也用了一些粵語，又一些些英語。我懂，只懂一般所說的華語中的，一部分。

詩，本就是不好懂，重要的是，希望你去喜歡、去感受。喜歡，就會有所感受，我喜歡詩，喜歡中禧用自己獨特的方式所寫作的詩。

我說中禧的詩是用電腦「計算」出來的，並不否定她詩中還有、其實是很豐富的感情，只是隱藏而已。她的詩中的感情，有時是，小我；有的是，大我。

我不完全懂中禧的詩，但我還是被她的一大部分的作品所感動。

她在寫〈情〉的詩中說「沒有論斷的必要」；在〈理想〉中，用「推門」，用「推浪」，寫生或死；在〈苦痛〉中，以「飢餓的理智」寫欲尋索「所有答案和根源」；在〈流言蜚語〉中指出「想像力豐富的糖」，加「意志堅定的鹽」；在〈日出〉中寫「月亮產卵」、「太陽射精」，得出「魚肚般的黎明」；在〈雨中尖東〉中，她說「光是陽，斜紋是陰／牛仔褲沒有性別。」還說「笑談米蘭昆德拉，／斜紋斜得更厲害，／簡直是三號風球在颳。／下了帆的帆船，／宛如一隻散開沒有布的傘。」……我們（不只是「我」）也許不能「精確」的解讀，但可以感受的是，詩人用她「精確」的思考方式，將自己心中的理念，充分的顯現出來。

我不能多抄、多舉例；再抄，就得整本詩集每一首都抄完。

詩是一種跳躍的思緒；包括跳躍的情感和思想，以及跳躍的語言和心臟的脈動。

讀中禧的詩集，從〈情〉開始，到詩劇〈秋瑾之聯想〉，每讀一個字、或讀完一首詩，心中都有滿滿的，跳躍的感覺……

《刮風的日子》序，一九九七年三月，香港當代文藝出版社

談東南亞小詩的現狀與展望3

我們一直在進行的是，一項有情有義的事業；雖然不是什麼大了不起的事業，但我們卻都很認真的當作一件「大事情」在做；因為這是一項神聖的屬於「文學的事業」。每年我們都出一本書，書名叫《小詩磨坊》；一年一本，今年出了第五本。這對我個人來說，已經很不容易啦！因為我想過：一個人的一生，有幾個五年？每一個五年你究竟做了些什麼？而我們現在正持續在做的，就算是一種「堅持」；堅持，才能使我們完成一種「志業」；寫詩就是這種志業。我們就是在寫詩，是自己自動自發的。

這件「大事情」，最重要的，就是來自無怨無悔的精神。

我們寫詩，是寫六行小詩（含六行以內的小詩）；當然，詩不一定只寫六行，六十行、六百行……都同樣可以寫，也值得寫。只要你認定你能那樣寫，或非那樣寫不可，就沒有什麼不可以。這就是一種很自由的「行業」。我們寫六行小詩，就是這樣認定的，所以我們有了「默契」，大家一起來寫小詩。而且成立了「小詩磨坊」；一起「磨詩」，一「磨」就五年了！

不累嗎？你問我吧？我一定回覆你，我一直在寫，我的朋友們也一直在寫。為什麼？我想你不應該再問我，你應該問問我的眾多寫詩的朋友……

我們的「小詩磨坊」，很單純，沒有什麼利害關係，有的就只是一股義氣；沒有什麼煩人的組織約束彼此，但卻比有組織還要緊密的、彼此認同和尊重的一種珍貴的內在精神在維繫；因為我們每位成員心中都有一股默契，認真負責、合作無間，對我們所鍾愛的詩負責、對彼此認領的工作負責。所以，我們每個人在現實生活中，即使碰到再怎麼煩惱困頓、遭遇到再怎麼挫折沮喪，也會因為珍惜這份珍貴的詩情、友誼而聯結在一起。

當今，「小詩磨坊」的存在，是我們泰華七位詩友和我最先發起的；我們，老中青三代，包括詩人嶺南人、曾心、博夫、今石、苦覺、楊玲、藍燄（以年齡長幼為序）和我，於二〇〇六年六月在曼谷成立。二〇〇七年七月，我們泰華的「小詩磨坊」就按計畫，如期出版了第一輯《小詩磨坊》，並舉行發布會；我們說到就做到了！這就是認真、負責的精神表現。

第一次新書發布會時，我心中萌發一片願景，有一點「雄心」，企圖在華文世界裡，鼓動各個國家地區的詩友也參照我們泰華「小詩磨坊」組成的模式，即「七」加「一」的組合（當地七位加境外的一個「我」）方式，分別組成「小詩磨坊」；比如以亞洲地區為主，我首先想到大馬，因為大馬有我三十年以上如手足的老友——詩人冰谷等；其次，我想到印尼、新加坡、越南、菲律賓、香港、澳門、台灣及中國大陸等九個國家地區，我稱之為「九大版塊」；三五年之後，有了這些國家地區的「小詩磨坊」的組成，將來就可以順理成章的組成「小詩磨坊聯盟」。

有這樣的構想，而且能夠如期實現的話，要推動六行小詩的寫作，自然就會具有影響力，可以發展成世界性的、成為華文詩學的一個大家族。更重要的是，我想透過這樣廣泛的組織，凝聚多元的創作觀和多元嘗試創作的實踐經驗，呈現出最終我想要的：創立「六行小詩的新美學」。因為從創作的多元嘗試和實踐，探討、研究，所建立的小詩的新美學，就能讓我們所鍾愛的六行小詩，在世界華文詩史上成為獨特的一種小詩。

在這裡，我要補充說明的：「七」加「一」的組合模式中的「我」，並不是非「我」不可。初期，我只是這樣想，讓各地區的「小詩磨坊」成立起來，經由我統一協調，以利維繫我們泰華「小詩磨坊」成立時的原始宗旨和運作方式，使之不致變質。希望能夠順暢無阻，如此而已。

二〇〇七年七月，新華詩人寒川來曼谷參加我們《小詩磨坊》第一輯出版發布會後，他興致很高，懷著一份高度熱忱，一回到新加坡，就積極邀集七位詩友，包括詩人長謠、秦林、梁鉞、康靜城、寒川、蔡良乾、曦林和我成立新華「小詩磨坊」，並於二〇〇九年二月，克服經費上的困難，出版《小詩磨坊》新華卷第一輯。這對我想推動組成「小詩磨坊」九大版塊的構想來說，是給了我第一個具體有力的支持和回應。這是第二個「小詩磨坊」。

第三個「小詩磨坊」的正式成立，是在大馬；這得歸功於詩人冰谷和蘇清強，沒有他們兩位率先響應，並邀集其他詩友參與，我是無法克服聯繫上的困難；他們的成員，除詩人何乃健、小說散文家朵拉，是老朋友之外，另三位詩友：晨露、郈眉、馮學良，我原先都不相識。而且他們分布在幾個州，聯繫上並不怎麼方便；作為召集人和聯絡人的冰谷、蘇清強是盡了很多力，尤其在出版上，前前後後找過幾個出版單位，所提條件都非我們原先的構想，且得付出頂高的費用，歷經一波三折，最後我只得接洽臺北秀威資訊科技公司支援、合作出版，而於二〇〇九年八月順利出版簡體字版，並於同月二十日在吉隆坡華文國際書展中舉行新書發布會，又於同年十二月出版正體字版。這是很不容易的事，我花了不少心力。可惜，第二本至今還未收齊稿件，意向不明！

印尼部分，自去年初就收齊稿件，由於有部分作品未完成電子檔，又因我個人的現實狀況越來越差，忙於應付生活，要解決這些煩人瑣碎的事情，常常缺少耐心，產生排斥感。因此就一拖再拖，毫無進展。

二〇一〇年一月二十六日，卻意外的在我家鄉宜蘭羅東成立一個讀詩會，也叫「小詩磨坊」，我定位為屬於地方性的組合，所以冠以「蘭陽」的地名；開始時成員也是八位，半年後又加入一位，現在成員包括：陳良欽、鍾耀寧、簡淑茹、李智勝、練伯雲、王沁怡、劉月鳳、黃美雲和我；除我之外，他們都具有教師身分，但都已退休；有的曾任中學老師，有的是小學，也有的是幼稚園，其中鍾耀寧是水泥工廠廠長退休，現任社區大學講師。這批朋友，除陳良欽是位資深詩人，出過兩本詩集，曾封筆長達二十年，現在是復出，積極創作；其他七位同仁算是寫詩的新手，可各個都很認真創作；我們每月聚會一次，每人都要交當月完成的新作，供大家分享、討論；第一年的詩作質量都相當可觀，我們已結集成冊，向宜蘭縣文化局提出申請補助出版，相信可以順利獲得通過。

「小詩磨坊」在台灣，我本來也想參照其他國家地區的組合方式，邀集對象鎖定詩壇朋友，並曾多次徵詢數位常寫小詩的詩友，所得反應看法不一，也都言之成理，我便改變思維，試從招攬「新人」著手；或許是一種因緣吧！二〇〇九年十一月間，因有詩人陳良欽邀約王沁怡、簡淑茹、黃美雲等到九份半半樓參訪，我提出籌組「小詩磨坊」的想法，經王老師積極邀約羅東讀書會文友，結果相當順利，一拍即合。

這一切都是由於詩的緣故，我們的「小詩磨坊」就這樣展開，雖然不如預期的順利，卻也逐步在擴大影響；不久之前，我無意中在我們泰華「小詩磨坊」博客上，看到越南華裔女輕年詩人小寒貼了數首相當有味的六行小詩，有份驚喜；而菲律賓以王勇為首的，也有一批中輕代詩人集結在寫六行小詩。這些應該都是可喜的現象。

寫詩，是純個人的心靈活動，是一種自動自發的創作行為；參加社團，是一種志同道合的結社，有共同的理想，共同的目標，一致的作為，想做出一些有意義的事，不是想從中獲得什麼名或利；最多只可能有互相督促，互相激勵，互相切磋琢磨而已。

這次〈談東南亞小詩的現狀與展望〉是主辦單位給出的題目，我倉促之間只能就此提出一些發展經過和一些現狀，供大家瞭解；至於未來的展望，我個人仍然企望借助同好的力量，為創建小詩的新美學而努力創作、繼續擴大影響。在個人創作方面，不斷力求突破，精益求精，寫出好作品。在這裡，特別介紹欣賞台灣中生代著名詩人、評論家白靈最新出版的數首五行小詩和大家分享，也當作借鏡。

二〇一一年六月二十五日十二點，研究苑

白靈五行小詩欣賞

〈唇與雲〉

翻動一下午的雲
才找到一朵
最像你的唇
再長的思念都搆不著
讓它懸著吧　看風來回捏揉

〈蝴蝶〉

扇我，扇我，百花們香汗淋漓地喊著
誤闖的蝴蝶愣了愣，當起小扇子來
扇扇東，扇扇西，扇扇南，扇扇北
扇得好累，細枝上歇著，抖抖扇面的香氣
趁花朵們不注意，翻出籬牆去

〈湖邊山寺聞鐘聲〉

心事懸而未決
晚鐘就響了
風拂過湖面
那細細的漣漪
想是鐘聲步行的痕跡了

〈燈籠〉

幾聲梆子敲沉了整座村落
已闔眼的世界在狗吠聲中翻身
一隻失眠的青蛙凸眼滴溜溜轉
池上一個燈籠，池底一個燈籠
敲更人提著一個晃動的夢境

〈借個火〉

還有什麼比煙更纖細的
那麼多髮　萌發於瞬間
非常化學的物理
如糾纏十分鐘的愛
如一隻蠶囁嚅吐出的　禪

〈笑的雲朵〉

你的笑是雲朵
自你臉頰上飄出
飄向我　撞到我
包圍了我的臉頰
我的笑也醒來，甜成雲朵

以上選自白靈最新詩集《五行・究竟——五行詩及其手稿》
秀威二〇一〇年十二月版

3 二〇一一年七月三日十三點在曼谷帝日酒店四樓舉辦文學講座暨《蕉雨情濃》與《小詩磨坊》發布會專題演講講稿

讓你驚喜的獨特表現

——細讀品賞《泰華小詩集》

《泰華小詩集》的出版，與泰華「小詩磨坊」推動小詩寫作有密切關係，兩位主編：嶺南人、曾心都是成立泰華「小詩磨坊」的同仁，所選詩作也都以六行以內為原則，可說是以同一「規格」的形式與「小詩磨坊」接軌，確立「泰華的小詩」就是以六行（含六行以內）小詩為創作標的的一種「小詩形式」；因此，我們都在努力耕耘，以最小的形式完成現代小詩的文學藝術成就。

《泰華小詩集》主編之一——嶺南人在「序文」中說：「要使小詩『六行寫天地』，小中見大。我認為，下筆前要從大處著眼，再小處下筆。要形象思維，不要邏輯思維；要從感覺、感悟出發，不要從概念出發。通過意象的描繪，用有形、有象、有色、有味的語言，以比喻，以象徵，以留白，以暗示等的手法，將自己的感覺、感動、感悟，濃縮在六行之內，立於紙上，如曇花般瞬間綻放。」

的確，我們細讀《泰華小詩集》必能發現：「六行小詩」的寫作，會有讓你驚喜的獨特表現，是其他小詩（如十至十三行者）所沒有的。

現在，就容許我試著根據個人品味和發現，逐一品賞《泰華小詩集》中的重要作品：

老羊的〈星〉：

飛上天邊
摘一顆星
捧著捧著
是一顆心
一聲「爺爺」
把我喚醒

這是一幅「甜蜜的夢境」的書寫，生動自然。

倪長遊的〈路〉：

遠、近
曲、直
崎嶇、平坦

往、返
一生都在路上
徘徊

富有人生哲理；對勞碌孤寂的人生，深有體悟，值得玩味。文風的〈黃葉紛飛〉：

黃葉紛飛，
又是橡膠樹掉葉時節！
滿地金黃重疊，
重疊著久遠的思念。
我站在老屋前，
又聽見母親打掃屋前的雜亂。

懷舊、思親，情真；「重疊」用得好，詩眼明亮。黎毅的〈鬥雞〉：

你以尖喙出招
我用厲爪撲殺
在賭注者的鼓譟聲中亡命搏鬥
勝者受到呵護
敗者被宰下鍋

寫好鬥好賭的現實人生，言簡意賅。

嶺南人的〈蟬〉：

吶喊了一季炎熱
喊空了一腔激情
空了的軀殼晶瑩如玉
懸掛樹梢

留下一身空明
給秋風說禪

禪味十足；蟬禪、禪蟬，善用同音字，玩文字的妙處，得文字的妙趣。

亞文的〈三教〉：

道、儒、佛
佛行三
佛在道儒後
佛法無邊

理工學者，精於計算，用字精簡；我們華人的信仰思想，大多「儒、釋、道」三教合一，其順序排列，也習慣以「儒、釋、道」稱之；作者卻以「道、儒、佛」為序，是詩人獨特的感悟。

司馬攻的〈找到了家嗎〉：

寄居蟹又搬家了
拾貝殼的人問
你找到了家嗎

溫馨、體恤，關懷弱小、普羅貧苦大眾，在這全球高房價時代，發出醒世之聲。
司馬攻的〈青梅竹馬〉：

久別的梅子
黃了

還是酸溜溜的
昔年的竹馬
禿了

給你當手杖吧

妙極了，這「青梅」、「竹馬」耐人尋味。善於轉化，活用意象和對仗。

曾心的〈樹的哲學〉：

在山林裏
我能伸
成為一棵大樹

在盆栽裏
我能屈
成為一道靚景

曾心養奇樹盆景，說他從盆景中體悟人生，或從人性體悟盆栽造景藝術也行；有獨到的心得。

博夫的〈父親的背影——紀念父親逝世四十周年〉

父親手上的一張犁
吆喝聲傳遍家鄉
不知翻出多少陳年舊事和農諺

一根能拉直季節的繩索
沒能拉直那張犁
父親的脊背卻幻化成犁的剪影

人生記憶，最不容抹掉的影像，就是親情和愛情；作者寫父母、外婆的詩作，令人感動，印象深刻。

今石的〈中國書法〉：

吸一口氣注入筆端
在點中穩坐
在橫中求靜

一撇　吸
一捺　呼
於豎中頂天立地

氣勢磅礴！能把「書法」當詩的題材來寫，詩就沒什麼不能寫。寫詩，就得不斷創新；詩想新，題材新，語言新，表現手法都要新。

張永青的〈水淹泰國〉：

水已滿到肩上
摸索著走向初晴的遠方
給後來涉水者找塊高地
把未打濕的乾糧給更餓的人
在椰樹下，佛寺裏一起長大的夥伴
只要愛心永在，一片汪洋依然美麗

愛，是普世的價值。「水淹泰國」，讓我們看清人性、佛性的珍貴以及這世界可貴的真愛。

馬凡的〈龍捲風〉：

風，狂怒變成黑魔
雨，壞了肚子傾瀉
海浪，穿過礁石　上岸
椰樹，彎腰痛哭
房屋，紛紛飛上天去
只有海魚在太空浮游

風，雨，海浪，椰樹，房屋，紛紛飛上天，只有海魚在太空浮游……真不敢想像〈龍捲風〉的威力，可它又是真實的、曾經發生的天災！

林太琛的〈飛出牢籠〉：

斑鳩從籠中飛走
留言說要追求自由

我罵它沒心沒肺
好吃好住還有何求？

只聽空中回答：
「天地才是我家。」

好一句「天地才是我家」。「留言」用得妙。人生無不嘗盡「甜酸苦辣」，太琛兄在自我簡介中卻說「甜酸苦辣不限量供應」，又說「退休之年，才又想起李白和韓愈，才又重續文緣。」真好！人生，沒有比寫作更有意義；它讓我們的生命活得更長。

晶瑩的〈田園往事〉：

牽牛花牽出日子
攀上了籬笆的皺紋
踩爛草鞋的一行泥濘
伸向遠方阡陌

將「田園往事」變成一幅畫，又將它掛在眼前，只要你有興趣欣賞，它蘊含現實人生的況味，能讓你百看不厭。

莫凡的〈承諾〉：

之後，故事便要開始了

為此，我撈一把海泥
捏成千年古佛
許一個心願
——為故事的終局
守護　一生

「承諾」是一項非常莊重、虔敬的信念，不論對人對佛，都始終如一。這個「故事」，我的感受是圓滿的。

劉舟的〈梳頭〉：

對鏡
梳了一個下午的妻子
梳不掉
落在髮梢上的
季節

以「一個下午」，要對付一個「季節」，詩意就濃了！歲月、青春是什麼？就這麼幾個平常字，便輕鬆點「著」了。

苦覺的〈一首寫了兩年的詩〉：

除夕
爆竹大聲笑過之後
舊歲在黑夜裏消失了
初一
一首寫了兩年的詩穿著紅衣服
走出來了

寫詩是件苦差事，卻也是一項神聖的志業；就因為寫詩苦，但能把一首詩，從無到有，寫出來，那是多麼令人振奮呀！一首詩寫了兩年，看著她「穿著紅衣服走出來」，眼睛都應為之一亮，值得為她鼓掌歡呼。

楊玲的〈美斯樂——泰北行之一〉：

高山　不語
故事太多
大樹　不語
太多故事
孤軍老兵
已經　不語……

「美斯樂」，一個好美的名字，但有太多過去的、屬於我們華人同胞心酸悲慟的「故事」！語與不語，這其中是耐人尋味的。

曉雲的〈藥引〉：

情人節
愛情過生日
我的肋骨又隱隱作痛

醫生開了藥方
藥引是——
初戀

「愛情過生日」，有巧思，真好！「藥引是——初戀」極妙！那「肋骨」的疼痛，就更不容易痊癒了！一首極為難得的情詩。

蛋蛋的〈情人節街景〉：

滿街擁擠的紅，在戀人臉上
吻出朵朵紅暈

巧克力店老闆用雙倍價錢
兜售甜蜜

街邊乞者接過溫暖的一枚十銖
臉上綻放出一朵玫瑰

一幅寫實街景，紅色非常搶眼；好在還有一顆隱藏的紅心，那是人間真正的亮點。

詩雨的〈露珠〉：

蕩漾碧波
悠悠忘我
翻滾一身飛緒
譜寫六行詩
淡淡馨香
點綴笑語滿詩章

在大自然界中，露珠是晶瑩剔透的；我們寫六行（含六行以內）小詩，也正希望都能達到晶瑩剔透、悠悠忘我之境。

吳小涵的〈和尚〉：

故事念到守夏節了
寺院外野，再看不見橙色移踩的腳印
田間小道，濛濛雨似蠟燭流淚
知了、青蛙不懷好意，一起在田野鼓譟

——去啊去啊……
快去誘惑那個猶豫不決的和尚

有俏皮的詩想，卻也思慮慎密，無傷大雅，對出家人應無不敬，倒是讓我們在凡世間以及枯燥的夏日，面對大自然的田野風光，多了份珍惜和嚮往。

《泰華小詩集》共選錄三十二位詩人的小詩，每位多則十首，少則一二首，也有五六首的，總計近兩百首；這些詩作，依據我印象式的判斷，幾位年長詩人的詩作，新作不多，惟「微型小說」名家司馬攻的十首小詩，有可能是近年新作，讓我讀來特別感到驚喜、珍貴，每一首都獨特清新，撼人心弦，餘味無窮。

泰華小詩的承傳與發展，是需要落實在年輕的一代；但本詩集作者，年齡偏高，以五十歲以上中老年居多，而少數幾位四十歲左右的，似乎還看不出有積極的創造性潛力發揮出來。如有可能，要培養年輕的一代，我想應該趕緊具體的從各大學中文系學生著手，以獎學金的方式開設選修課程，或在寒暑假舉辦研習活動，並定期舉辦徵獎，以提高寫作風氣。

目前，泰華小詩的崛起，當然算是一種好現象，希望能蔚為永續的詩教，俾有助於現代華文文學在泰華社會發揚光大。

二〇一二年六月二十九日二十三點二十分，研究苑

二〇一二年七月八日在曼谷帝日酒店國際會議廳

《小詩磨坊・泰華卷（六）》新書發表會講稿

我在靠近你

——讀蒙古詩人門都右《無盡的凝望》詩集中的一首詩

一、緣起和簡介

二〇〇六年十二月最後一天的前夕，臺北的天氣，是幾日陰雨、寒冷之後，難得見到了太陽；冬日的陽光是暖和的，讓人有一種舒適之感。

我應邀在下午出席一場詩的盛宴；由鶴山二十一世紀國際論壇所舉辦的「蒙古詩人門都右博士來台新書《無盡的凝望》發表會」。門都右（G.EMND-OOYO）一九五二年九月二十六日出生於蒙古國大利甘嘎的遊牧家庭，童年就在騎馬牧羊，以駝車遷徙的生活中成長。十三歲開始寫詩，並加入蒙古作家聯盟，八〇年代跟同伴帶動「GUNU」的文學潮流；二〇〇五年創辦蒙古文化詩歌學院。出版過三十多本作品集，曾獲蒙古總統頒發「蒙古傑出文化人士」榮譽、Danzunravjaa詩歌節第一名、蒙古作家聯盟獎、二〇〇一年度最佳作家，是蒙古國前九名最有名的名人。二〇〇六年出任在蒙古首都舉辦「第二十六屆世界詩人大會」會長。現為蒙古文化基金會主席。他的作品譯有俄文、中文、日文、斯洛伐克文、孟加拉文、希臘文、北印度文、坦米爾文、拉丁文、德文、匈牙利文、韓文等，已出版的英文詩集有：《我在靠近你I》、《我在靠近你II》、《地平線上的牧民》、《所有閃亮的時刻》等。

《無盡的凝望》是在台灣由普音文化公司榮譽出版的中、英、蒙文對照版詩選集；集中選錄詩作，包括與詩集同名的〈無盡的凝望〉等二十首，〈我在靠近你〉是其中的一首。

二、〈我在靠近你〉文本

歷盡歲月的跋涉，日月與我相伴
踏上聖賢走過的崎嶇不平的蜿蜒小道
攀登高高的山峰，翻越一座座山崗
淌越萬千大川
儘管我不知道彼此何時才能相見
但我有一句話想要對你說
我在靠近你
儘管我的大道布滿寒風烈焰
誹謗的迷霧在四周籠罩

我獨自珍藏聖潔透亮的思想
用我的愛揭開所有的癥結
任憑寒風的抽擊
朝著既定的方向，一往直前

我在靠近你
帶著秋的憂傷春的復甦
手握時代的火焰，溫暖的陽光
和春花一起綻放，與秋葉一同消亡
穿過花團錦簇，果實纍纍的花園
掬一杯甜美的甘露
我的心無比渴望

我在靠近你
我一路的點滴感觸，一生的幸福時光
我所有的秘密

共同搓成一道精神的脈結
思緒無比開闊

我在靠近你
我僅有少許夢想
領略到我內在的詩意——我一切的根基
渴望在內心找到靈感的源泉
爬上高山的裂口
尋找永恆之歌，愛的真諦
我在靠近你

三、柔和的抒情詩風

初次接觸門都右的中文譯詩，我就喜愛他的詩；門都右在《無盡的凝望》這本中、英、蒙文對照詩集的序文〈遊牧民族的詩歌——柔和的抒情〉中，他說：「遊牧民族的本質就是平穩的遷徙運動、迴盪溫和的樂聲，求新好奇的性格，和從好的方面去觀看一切事物的溫柔心情。……柔和的抒情是我的詩風。……」是的，我喜歡門都右的詩的第一個原因，就是他的

「柔和的抒情」詩風。〈我在靠近你〉不是代表門都右「柔和抒情詩風」的唯一詩作，我會先讀他這首詩的理由，是它的題目吸引了我；因為它蘊含著耐人尋味的深邃的主題內涵。

〈我在靠近你〉，詩中的「你」到底是誰？詩人內心世界在探索、追求的是什麼？從題目開始，「我在靠近你」這句話，在五段詩句中，重複出現五次，不是嘮叨囉嗦，而是真純、誠摯的表白；如果是一首「情詩」，我的體會，理應是一種「大愛」的抒情書寫；這種「大愛」，是人間、天地、宇宙的真諦，是詩人理想境界的隱喻，是至高無上的精神化身（象徵）……；「我在靠近你」，是多麼平凡又多麼親切的一句告白，卻如一座高溫熔爐，足以熔化一切世間的鐵石心腸、頑固思想。

謙卑才能偉大，誠摯才是永恆。

詩人門都右的詩心，乃當今蒙古遼闊的大草原上空，夜夜熠熠閃爍的星星，我由衷仰望，並深深祝福……

二〇〇七年一月，寫於研究苑

《新原人》春季號刊載

〈花叫〉已成絕響

——朗誦詩人彭邦楨名作〈寒林．范德比爾花園〉兼談詩的朗誦

詩人彭邦楨追思會

旅美華人詩人彭邦楨三月十九日於紐約辭世，距一九一九年八月二十一日出生於中國湖北省，享年八十五歲；他的美籍夫人——詩人梅茵・黛麗爾博士（Dr.Marion E. Darrell）於三月二十二日在紐約的一所教堂已為他舉行追思會，並將其骨灰安葬於紐約第五大道中央公園內的范德比爾花園（Vanderbilt Garden）。臺北詩友張默等以「中華民國新詩學會」名義，於四月二十日（星期日）下午，為他舉行追思會，編印一份《詩人彭邦楨辭世紀念特刊》，並在會場展出詩人著作、手稿、照片等相關資料和墨寶。

追思會由辛鬱主持，會中除邀請數位台灣詩壇大老、老友，包括鍾鼎文、司馬中原、墨人、宋穎豪、羅馬、孫如陵等致辭，還按排數位詩人朗誦彭邦楨先生的部分代表詩作；我被點名指定朗誦彭先生名作〈寒林・范德比爾公園〉。

作為一個晚輩（彭先生足足大我二十歲），我既感到榮幸，也感到惶恐；榮幸的原因是，

有機會朗誦他的名作，表達向他致敬和追思之意；惶恐的是，怕不能朗誦好，破壞一首好詩，而且，彭先生生前朗誦詩之有韻味與手采，早已享譽台灣詩壇，是有不少壓力。所以在朗誦之前，我曾利用時間，試著反覆默念了好幾遍，並且在每一行詩裡找出明確的音節，標示記號，希望我的朗誦能夠傳達已成絕響的彭邦楨朗誦的「特殊風味」。

一、朗誦詩的準備

詩，沒有不可朗誦的。不論古今中外，在我的感覺裡，詩，每一首都是可以朗誦的，只是朗誦的方法，每一首都應該有所不同。

詩的朗誦，是一種「詮釋」；用聲音、表情呈現，固然沒錯，但最重要的，還是需要有「真情」融入，讓真情充分詮釋詩的情境。故朗誦詩的準備工作，首要的工作就是設法探索詩人內在心靈所要呈現的情感動機（主題意識），然後設身處境，投入「真情」，與詩人生息與共，與詩境同悲、同喜……

朗誦自己的詩（自誦）和朗誦他人的詩（他誦），是有所不同的。最少，自己清楚知道自己在寫什麼，要表達什麼，是可以省掉前面所說的「準備工作」；而且，朗誦得好壞，要由自己負責。為什麼？詩朗誦得好或壞，其實有一大半取決於詩的文本，如果自己寫得不好，那要把它朗誦得好，也不是一件容易的事；儘管你有什麼樣的「朗誦技巧」，也只是使它有「好聽的聲音」而已，未必能讓人產生共鳴，要想震撼別人的心靈，那就屬於做夢的事了。

二、我讀詩人彭邦楨

〈寒林．范德比爾花園〉是一首好詩，是應該列入詩人彭邦楨的代表作之一。讀〈寒林．范德比爾花園〉，內心情緒如波濤翻滾。我喜歡這首詩，喜歡它的豐富、形象、大氣、通達和深邃。請允許我整首抄錄在此方便於欣賞——

〈寒林．范德比爾花園〉

荒天，走入寒林，四望已一片蕭疏何等寂寞呀！
其春光呢？其夏影呢？其秋色呢
怎麼這三者竟都隨著時序之推移而不顧惜其風流
且頭已不簪紅花，臂已不袖繁枝，身已不罩綠衫
像是它們都已一絲不掛要作冬浴的裸裎運動
而它們就是這樣赤條來迎雪的
噫嘻！天體天體喲！冰潔冰潔喲！

思無邪，故我此刻就在此林中徘徊
且看它們就是這鑄青銅的胴體、雕墨玉的胴體
是維納斯麼？是戴安娜麼？是那九司繆斯麼
看它們就是這眾體皆備：
不僅是藝術的、音樂的
而且是舞蹈的、戲劇的，還
更是抒情詩的
茲因我有此靈魂在此靜觀和賞識是
在審美它們的真實、存在和自然

思無俗：故我率性就在此林中流連
但見它們的傳神對我就是沒有排拒、沒有矜持
而且還竟是本態樸拙、本質純粹、本貌優雅
在此世界又去哪裡能尋得它們的本來形象呢
是在希臘？是在巴黎？
是在倫敦？是在羅馬？

是因它們的物情已與我的人情契合
我就是塑它們的羅丹、米開朗基羅

荒天，踏入寒林，四望是一片蕭瑟茫然！
滿園都已落雪：林外紛飛，林內繽紛
只見它們都已在雪中被雪，而我也在雪中蒙雪
但我不能矗立雪中成樹，然它們已是雪中美人
咦，且頭已絨雪帽、臂已攏雪襖，身已氅雪裘
像是它們的渾身都已發熱：而我卻渾身哆嗦，畢竟是人還不能如物

——咿呀：好冷啦！如果我要是不走
是否我該投入它們甜心的懷抱

註：范德比爾花園（Vanderbilt Garden），位於紐約第五大道中央公園內，係於一八九九年建立。

詩人彭邦楨的美籍夫人梅茵，曾電話給臺北詩友宋穎豪先生，稱彭先生生前幾乎每天都到「范德比爾花園」散步。彭邦楨和梅茵的異國婚姻，在台灣和美國現代詩史上，是一段佳話。他們婚後，三十年都長住紐約，范德比爾花園位於紐約第五大道中央公園內，必然離他們的住家不會太遠；詩人幾乎每天都到那兒散步，也必然對它有深厚的感情、有深入的體會，尤其詩人將自己的身世際遇、人生感受真情融入其中。在這首詩裡，具體形象，無一字不是做到最真實、貼切的呈現，讀他的詩，彷彿他詩人孤獨的身影就在這花園滿園落雪中漫步行走，並且讓我們進入他的內在世界，感受他為美而讚嘆，也感受他自覺渺小而哆嗦……

作為詩人，彭邦楨的內在感情是充沛而爛漫的，他的詩，也相對的毫不吝嗇的為天地之美而歌頌，為天地之愛而吟詠！看吧！「雕墨玉的胴體／是維納斯麼？是戴安娜麼？是那九司繆斯麼／看它們就是這麼眾體皆備：／不僅是藝術的、音樂的／而且是舞蹈的、戲劇的，還／更是抒情詩的／茲因我有此靈魂在此靜觀和賞識／是在審美它們的真實、存在和自然」是如此鏗鏘有力、節奏清楚、音節繁複、意象鮮明，既投入又靜觀，出入自如，既「思無邪」又「思無俗」，既自謙「人還不能如物」，復肯定「物情已與我的人情契合」——「我就是塑它們的羅丹、米開朗基羅」……直叫人不得不承認，不得不相信〈寒林・范德比爾花園〉就是一首名作，而詩人彭邦楨也應該如他〈詩的定義〉中所說：

我相信我是不會死的，
我死必定在千年萬代人之後，
假如我現在是死去的啊，
那麼人類在開始的時候為什麼把我的名字叫「詩」。

（此詩共三節，每節四行，此為最後一節。）

三、詩的朗誦技巧

詩的朗誦，要不要「技巧」？根據我的體會（不是研究），當然需要「技巧」，但朗誦詩的「技巧」，不是為「朗誦」而技巧，而是為詩的「情境」需要而技巧。

詩的朗誦技巧，應該包括聲音和表情，但「聲音」和「表情」的呈現，終歸是受到「情境」的體會、感染而「自然」流露，不可以造作，也不能敷衍、應付，只有「真情」流露才能用聲音和表情確切詮釋詩的情境。

「聲音」的表現，首先必須清楚分辨「音節」；但「音節」的分辨，也必須由詩的「情境」來決定其所使用的時間之長短，不是每一個「音節」都要給予相等的時間。

比如〈寒林・范德比爾花園〉這首詩的第一節第一行與第四節第一行的「荒天」是一個「音節」，「走入寒林」和「踏入寒林」都各為二個「音節」，在我的朗誦中，「荒天」所使用的時間幾乎與「走入寒林」相等，主要是在於表現「荒天」的「空漠」與「靜闃」，使聽者有足夠的時間進入詩的「情境」之中，避免倉促接受「走入寒林」的意象，體會不到「荒天」的「空漠」和「靜闃」的氛圍。再如「天體天體」、「冰潔冰潔」和「走入寒林」、「踏入寒林」都是相同的二個「音節」，但在我的體會和朗誦當中，所使用的，卻又是不相等的；前者「天體天體」、「冰潔冰潔」，是短促的、快速的，才能適切表現鏗鏘有力的節奏之美，而後者的「走入寒林」、「踏入寒林」，我認為是可以不急不徐，以平常的速度進行即可。

關於「音節」的分辨，這只是一個原則問題，我不是「理論派」的研究學者，只能說出個人直覺對詩的體會，因此，我只能建議讀者：如果你也想用聲音來詮釋詩，不論是「自誦」還是「他誦」，最好、最便捷的方式，就是自我體會詩中的「情境」，便能分辨「音節」，掌控「音調」。

至於「表情」方面，不論臉部的，或是身體、四肢，不必誇張，只要順其自然，隨著內在情緒受到詩中情境的觸發，自然會影響到整個身心，而手之舞之、足之蹈之的反射出來。除非你沒有體會到它的情境。

四、〈花叫〉的聲音已成絕響

我已大約三十年沒有朗誦詩了，我是一個「沒有聲音」的默默在寫詩的人。年輕時，我也不是愛朗誦詩的人，尤其我不擅長表演，本性木訥，只喜歡「無聲勝有聲」，因此，我寫的詩，都很短，缺少「澎湃」之氣。今天能有機會朗誦一位我所敬仰、懷念的前輩詩人的一首名詩，我是使出「真情」的心意，用心揣摩詩人彭邦楨爛漫澎湃的詩情，以及追憶詩人三十多年前在臺北朗誦他的名詩〈花叫〉時留在我腦海中的絕響；但萬萬沒有想到，在「追思會」上，我的朗誦，竟然「忘我」的投入，也竟然是意外的、在夜深人靜時，我一口氣寫下這篇我唯一談「朗誦」的文字。

這也算是紀念詩人彭邦楨吧！

附註：詩人彭邦楨湖北人，他有一口濃厚的鄉音，但朗誦時，別有一番風味，耐人咀嚼。〈花叫〉是他寫於五十一歲時的名作之一，他朗誦〈花叫〉，詩如其人，詩人自己用聲音詮釋，尤其傳神。

魯迅的散文詩

逛書店，買自己喜歡的書，是一件愉快的事。

前天在台北的「上海書店」（專賣大陸簡體字版的書）買了幾本書，其中一本《二十世紀中國經典散文詩》，王光明、孫玉石編，由武漢長江文藝出版社印行，是去年（二〇〇五年）五月出版的。

這本書從中國新文學第一代作家、詩人魯迅開始，收沈尹默、周作人、劉半農、郭沫若、許地山、徐玉諾、徐志摩、茅盾……到最年輕的梅卓，計八十家，並附錄一篇〈散文詩的歷程〉；魯迅有十一首，商禽十二首，最多，其餘都在十首以下，大多數的詩人只收一首。其中台灣詩人，商禽之外，有紀弦、桓夫、管管、瘂弦、楊牧、許達然、張曉風、陳芳明、蘇紹連、杜十三、渡也、瓦歷斯・諾幹等十三位。這樣的名單，當然不是很全面，也不是很理想，可說起來，也算不容易，因為資料的蒐集，向來就不是那麼順利！但不管怎麼說，這本「散文詩」選集，既是「經典」，必然有它的可以借鑑之處，尤其我也想在泰華、印華詩壇推動「散文詩」的寫作，是可以藉此機會，從中選取一些我認為值得欣賞，也認為是「散文詩」的佳作，供泰華、印華有意嘗試「散文詩」寫作的文友們參考；首先，就選魯迅的作品：

〈火的冰〉

流動的火，是熔化的珊瑚麼？
中間有些綠白，像珊瑚的心，渾身通紅像珊瑚的肉，外層帶些黑，是珊瑚焦了。
好是好呵，可惜拿了要燙手。
遇著說不出的冷，火便結了冰了。
中間有些綠白，像珊瑚的心，渾身通紅，像珊瑚的肉，外層帶些黑，也還是珊瑚焦了。
好是好呵，可惜拿了便要火燙一般的冰手。
火，火的冰，人們沒奈何他，他自己也苦麼？
唉，火的冰。
唉，唉，火的冰的人！

魯迅算是中國二十世紀寫「散文詩」的第一人吧！或說「開拓者」之一。他在一九一九年八月，便以「神飛」為筆名，在《國民公報》副刊「新文藝」欄上發表一組題為《自言自語》的「散文詩」作品；一九二七年七月，由上海北新書局出版《野草》的「散文詩集」，是中國現代散文詩的第一本，為中國現代散文詩立下第一座光輝的里程碑。

〈火的冰〉和下面一首古城都是一九一九年八月十九、二十日在《國民公報》「新文藝」欄中發表《自言自語》的作品。

《自言自語》似乎就是魯迅為「散文詩」塑造獨特敘述的新形式的語言美學方式之一，從〈火的冰〉的語言來體會散文詩的「語言魅力」，就能夠清楚了解「散文詩」絕對不是「散文」加「詩」的「非詩」的散文可以比擬或混淆。如果它不是詩的話，豈可稱之為「散文詩」？稱它為「散文詩」，必然是因為它的「本質」內在質素的關係，絕非僅僅是形式上的不同而已。從〈火的冰〉的特殊形式來看，它的結構，是多麼的緊密，二、三段與五、六段看似重複，其實是衍生的變化著，使詩的內涵氣勢與節奏，如亙古以來未曾停憩的海浪與波濤，洶湧澎湃的撲向我們讀者的內心深處，並起著如幽谷中激蕩的迴音……「火的冰」是一種什麼樣的「冰」？是我們現實生活中，一般常識所認識、理解的冰嗎？是多麼沉重而深刻的表達了一種非語言可以細說的，只有以心靈去體會，去感應，去揣摩了！

從「火的冰」到「火的冰的人」，魯迅連用了三個「唉」字，那豈不是千古長嘆嗎？有什麼樣的人生，得以如此感應心靈，發出悲嘆而震撼天地呢？

詩的好處與詩的魅力，大概就這麼形成的吧！它就是詩，非「散文」加「詩」所能混淆的。再說直接一點，「詩」就是「詩」嘛！不管它以何種形式出現，是無庸置疑的特質，是不可渾水摸魚的。

〈古城〉

你以為那邊是一片平地麼？不是的。其實是一座沙山，沙山裡面是一座古城。這古城裡一直從前住著三個人。

古城不很大，卻很高。只有一個門，門是一個閘門。

青鉛色的濃霧，捲著黃沙，波濤一般的走。

少年說，「沙來了。活不成了。孩子快逃罷。」

老頭子說，「胡說，沒有的事。」

這樣的過了三年和十二個月另八天。

少年說，「沙積高了。活不成了。孩子快逃罷。」

老頭子說，「胡說，沒有的事。」

少年想開閘，可是重了。因為上面積了許多沙了。

少年拚了死命，終於舉起閘，用手腳都支著，但總不到二尺高。

少年擠那孩子出去說，「快走罷！這不是理論，已經是事實了！」

青鉛色的濃霧，捲著黃沙，波濤一般的走。

以後的事，我可不知道了。

你要知道，可以掘開沙山，看看古城。閘門下許有一個死屍。閘門裡是，兩個還是一個？

〈古城〉與〈火的冰〉的表現手法，既是相同也是截然不同的；就相同程度來說，它的語言底層也屬「自語自言」的一種，可真正的表現方式，〈古城〉是「對話」的，一少一老，他們為何爭執？少年看到了什麼，老者又看到什麼？答案你（讀者）要自己去找，詩的結尾，魯迅已明白告訴我們：「你要知道，可以掘開沙山，看看古城。閘門下許有一個死屍。閘門裡是兩個還是一個？」是沒有肯定的答案；人生嘛，誰能預設結局？詩嘛，怎能像散文那樣處理？如果都是一樣，那又何必另造一個名詞為一種獨特文類叫做「散文詩」？

《二十世紀中國經典散文詩》的編者對魯迅的《野草》「散文詩」的評價有三點：

（一）真正以現代意識支配散文詩的感覺和想像方式，創造了一個偉大的藝術世界。這裡，既有本世紀一個「未經革新的古國」覺醒了的戰士如入無人之境的孤獨和悲涼，又有新我在交替時代夾縫中蛻變的矛盾和緊張，同時還有作者切身體驗到的人類生命與生俱來的苦悶與抗爭。

（二）體現了我國現代散文詩形式和語言的成熟，完好體現了散文詩這種新形式所體現的美學精神，把握了它所沉澱的心理內容和藝術理念的現代性。在《野草》中，現實的描寫有深刻的寓意，夢境的表現又暗示著現實，其語言也在作品的整體結構中獲得了意之內、言之外的內涵和外延。

（三）體現了形式的多樣性和藝術手法的豐富性，技巧上相當成熟。

由此可見「散文詩」是有它的獨特的創造意圖，包括它的獨特語言、獨特的敘述和獨特的形式，而最最重要的，也可能就是它的創造者的獨特深刻思想的體現。

泰國《世界日報》湄南河副刊 二〇〇六年十一月十一日刊載

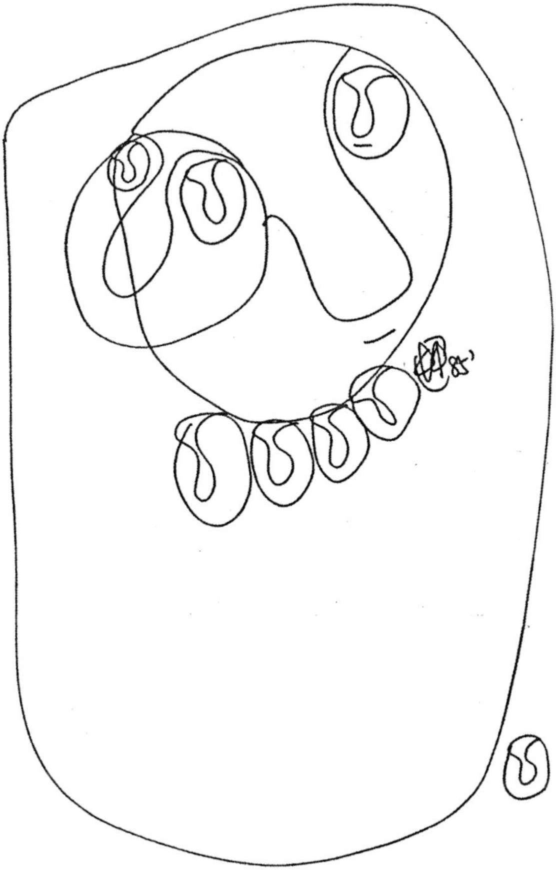

詩，不是什麼？（詩餘札記）

二〇〇三年八月八日　如果你已經錯過春天，你一定要牢牢記住：用詩彌補。

二〇〇三年八月八日　你的軀殼也許有個固定的家，但你的心卻永遠都在流浪；詩可以幫你找到一個放心的地方。

二〇〇三年八月八日　詩是沒有事可以做的時候應該做的事。

二〇〇三年八月八日　詩不是宗教，也不是哲學，當然也不是科學，但它卻常常處理了它們遺漏的問題。

二〇〇四年九月十一日　詩，不是什麼；或者說，什麼都是。

二〇〇四年九月十一日　詩，有時是廢話；廢話有時是必要的；如果它是詩的話。

二〇〇四年九月十二日　寫詩有不少好處，能自圓其說；這樣我就能爭取讀者的共鳴。

二〇〇七年十二月一日　孤獨讓我找到詩。

二〇〇七年十二月二日　寫詩，我已經不太「管」人家；愛怎麼寫就這麼寫了！

二〇〇七年十二月二日　詩，是一種安定的力量。

二〇〇七年十二月三日　詩的另一個可愛的名字，叫分享。

二〇〇七年十二月三日　我有很多牽掛，不能出家，寫詩也成為一種修身養性。

二〇〇七年十二月三日　詩是你自己。再說一次；詩就是與世界溝通，與宇宙對話。

二〇〇七年十二月六日　詩，可以越寫越短，歲數也一樣，不必太長。

二〇〇七年十二月七日　詩和愛和美和禪和感動，可以說都是同義詞。

二〇〇七年十二月八日　詩人應該做一位智者，清醒，沉靜，洞察人生。

二〇〇七年十二月九日　詩，是一種思維；所以要有詩心。有詩心，看到什麼想到什麼，都會有詩的感覺。詩的感覺累積多了，久了，詩就能自己跑出來。

二〇〇七年十二月十日　寫詩，折磨自己，也拯救自己。

二〇〇八年一月十日　「假裝吃飽了就不覺得餓。」這是一位六十多歲、養育五個孫子的排灣族貧窮阿嬤說的話。什麼是詩？這就是詩。為什麼？因為它能感動人，對人有所啟發。

二〇〇八年一月十八日　寫詩，折磨自己；邊寫邊刪……

二〇〇八年一月十八日　孤獨是一種心境，寫詩是一種必然。

二〇〇八年一月十八日　人生有疾苦，我沒有不寫詩的理由。

二〇〇八年一月十八日　人生有缺憾，有個人和歷史的缺憾；有小我和大我的缺憾；詩在彌補缺憾。

二〇〇八年一月十八日　詩，是活著的靈魂，承擔靈魂的痛苦。
二〇〇八年一月十八日　詩，減輕靈魂的負擔，有血有淚，有愛有恨；恨要熬煉成發光的靈魂。
二〇〇八年一月十八日　我的詩，來自生活，也來自思考。
二〇〇八年一月十九日　想讓詩走入夢裡，睡前我看一首詩；她很自由，進進出出；在我的夢境裡，詩是自由的，自由就是生命。
二〇〇八年一月二十日　詩是生活、經驗、思考、領悟、想像和憧憬的結合。
二〇〇八年一月二十日　詩，有無限存在的可能，要勇於嘗試。
二〇〇八年一月二十日　詩，是我尋找自我、反省、思考的一種方式。
二〇〇八年一月二十一日　接受詩的洗禮，讓詩成為生活的一種方式。
二〇〇八年一月二十二日　詩，是關懷，也是需求。
二〇〇八年一月二十二日　詩，是快樂，也是痛苦。
二〇〇八年一月二十二日　詩，是貓，也是魚。
二〇〇八年一月二十二日　詩，是黑白分明，也是模糊不清。
二〇〇八年一月二十二日　詩，是天天在一起，也是天天在思念。
二〇〇八年一月二十二日　詩，是受傷的鳥兒，還要帶箭飛行。
二〇〇八年一月二十二日　詩，是榨乾了血，還要流乾了淚。

二〇〇八年一月二十二日　詩，是愛人，卻永遠不會成為妻子。

二〇〇八年一月二十二日　詩，是愛人，但不一定是美女，也不一定是傻男。

二〇〇八年一月二十二日　詩，是愛恨交加，既可愛又可恨。

二〇〇八年一月二十二日　詩，是一種感覺，是抓癢抓到最癢處，即使抓破了皮抓出了血也還是要繼續抓的那種疼痛而愉快的感覺。

二〇〇八年一月二十二日　詩，是需要；有抒情的需要，有悲憫的需要；有怨恨、吶喊、批判、反抗以及激勵的需要。

二〇〇八年一月二十二日　詩，要有意味；但詩的意味不存在於華麗的詞藻，而是看你所使用的文字是否準確，以及有無新鮮的感覺。因此，詩的語言，淺白或粗俗都不必避諱。

二〇〇八年一月二十二日　語言有音、義、形的基本要素和傳達的功能，詩的語言所需要的是在於如何發揮它們的極致，達到最好的效果。

二〇〇八年一月二十二日　觀念引導創作，並決定它的方向；讓愛的觀念引導我們寫出愛的作品吧！

二〇〇八年一月二十二日　詩，是詩人頂在頭上的桂冠，是詩人在詩國旅行的通關密碼。

二〇〇八年九月十日　詩，是思想，要寫有思考性的作品；但要寫得有趣、幽默，有智慧、有感悟。

二〇〇八年九月十二日　詩，我有不必懂的權利。

二〇〇八年九月十三日　詩，有無限想像的空間。

二〇〇八年九月十四日　寫詩，自己和自己玩。

二〇〇八年九月十五日　寫詩，為自己的感覺尋找出口。

二〇〇八年九月十七日　詩，是一種感覺；從詩裡獲得敏銳的感覺。

二〇〇八年九月十八日　親近詩，培養美好的心境。

二〇〇八年九月十九日　親近詩，培養優雅的氣質。

二〇〇八年九月二十日　親近詩，瞭解心靈的最好的方式。

二〇〇八年九月二十一日　詩，在心裡是一種獨特的感覺。

二〇〇八年九月二十二日　詩，要追求的是更多存在的可能。

二〇〇八年九月二十三日　詩，要追求的是更多想像的空間。

二〇〇八年九月二十四日　詩，和智慧是好朋友。

二〇〇八年十月一日　詩，是文字的家。

二〇〇八年十月十三日　詩，給你的比文字還多。

二〇〇八年十月十三日　少即多，文字可以做得到。
二〇〇八年十月十三日　詩是佛，佛也是詩。
二〇〇八年十月十三日　詩，可以讓你找到安心的地方。
二〇〇八年十月十三日　詩，是一種高貴的想法。
二〇〇八年十月十三日　詩，是智慧的寶藏。
二〇〇八年十月十三日　詩，只有簡單的幾個字，讓你會常常想它。
二〇〇八年十月十三日　詩，是一個小孩，同時也是一個老人；他既單純又有智慧。
二〇〇八年十一月八日　什麼詩可以帶著走？我該寫什麼樣的詩？有生命的詩；有生命訊息的詩可以帶著走。
二〇〇八年十二月十七日　寫詩，不是寫詩，我學會思考；學會思考比寫詩更重要。
二〇〇九年一月二十五日　孤獨，是一條長遠的詩路。
二〇〇九年二月十五日　詩的成就，在詩想的成就，也在語言的成就；詩想是創發性的基因，語言是藝術性的表徵。
二〇〇九年二月十七日　小說寫「人」，詩寫自己；我不瞭解「人」，我只寫我自己。
二〇〇九年八月十四日　寫詩，對良心良知負責。
二〇〇九年八月十四日　詩，是先要有跳脫的詩想（想法），才會有跳脫的語言、跳脫的表現。

二〇一〇年十二月三十日　詩，什麼都不是；但她是詩。

二〇一一年一月二十七日　人家無心，我們有意，就能發現美，寫出詩；詩和美是同等的感受，是有情有意的美好感受。詩是有情有意的文學作品。

二〇一一年三月六日　只要有詩的心境，就會有詩的想法。

二〇一一年三月六日　非日常的語言和日常的語言，都是詩的語言。

二〇一一年三月六日　設法讓文字產生更多的組合功能。

二〇一一年三月六日　能分辨詩的感覺與非詩的感覺，就能捕捉到詩的感覺。

二〇一一年四月九日　對嚴肅的詩、文學、藝術，我不一定要懂，但我會用心靜靜的看，靜靜的思索……

二〇一一年五月六日　寫詩，讓我學會瞭解自己。

二〇一一年五月六日　詩，讓我淨心；是走向一條寧靜的道路。

二〇一一年六月五日　詩，寫什麼？寫生活，寫生命。

二〇一一年八月二日　寫詩，比發表詩重要；我要不停的寫。

二〇一一年九月六日　詩是記錄我生命中的點滴；我活著，就應該不停的寫作。

二〇一二年九月四日　詩人，也是鳥人，他叫暗光鳥。

二〇一二年十二月六日　創意「撕貼畫」，是一個詩人的「跨界」遊藝和遊戲。

詩是我今天的早餐，也可能是他日的午餐或晚餐，也可能是點心、宵夜，上午茶或下午茶；反正我沒有飯吃的時候，我就以詩當飯，不也飽足乎、愉悅乎！

二〇一二年十二月六日

經驗、愛和真誠

——我怎樣寫作

經驗是我寫作的泉源，
愛是我寫作的出發點，
真誠是我寫作的方法。

曾經有人問我：寫一首詩需要多少時間？我不知道怎麼回答。因為，在我已經寫成的作品中，如就「記錄」的時間而言，有的三、兩分鐘就完成，而且不必做任何修改；有的前後寫了兩、三年，還是不能定稿；所以，我不知道該說出「寫作的時間」，還是「思考的時間」？

最近，我寫了一首小詩，題目叫〈一輩子〉，其中有這樣的句子：

一首詩，也許
只有三五行，

你得用一輩子
來寫它。

為什麼寫一首小小的詩，需要「用一輩子來寫它」？這裡的「一輩子」，指的是「經驗」，不是「時間」；因此，詩、文學、藝術的成就和價值，也就不能單以「完成一件作品」所付出的時間多寡來衡量，所以，一談到寫作，我就特別重視「經驗」，因為有了豐富的生活體驗，我才能做寫作上的思考，有了種種深入的思考，我才能在「想通了」之後，寫下一篇篇的詩章。

一個人的「經驗」，和他所扮演的人生角色、工作、生活、閱讀、旅遊，有很大的關係；也就是說，他的「經驗」，是從這些方面得來的，比如，從「角色」談起：我曾經是一個小孩、少年、青年，現在是中年；我曾經是一個兒子、情人、丈夫、爸爸，現在是爺爺；從這些不同的階段、不同的角色，我有了不同的遭遇，我經歷了各種不同的心境，而獲得了各種不同的經驗；這些不同的經驗，在我整個的寫作過程當中，提供了我各種不同思考的需要，使我越來越能夠處理各種不同的題材，也有了各種不同體裁的作品產生。

再比如，從「工作」談起：我曾經是一個鄉下的牧童，一個工廠的清潔工、檢驗工、化驗工、售貨員、辦事員，現在是一個大報社的副刊編輯，兼業餘的社會工作者（從事兒童文學的推展工作）；我有各種不同的工作經驗，使我寫作時的思考層面因此越來越廣，思考的問題，也越來越深；這些，對一個寫作者來說，都是非常重要的。因此，為了豐富我的人生經驗，我認真扮演我的角色，我認真面對我的工作，我認真閱讀，也認真旅遊；我喜歡閱讀，從不同的著作中，汲取不同的經驗、不同的知識與智慧；我喜歡利用機會旅遊，我去過香港、韓國、日本、菲律賓、泰國、馬來西亞、中國大陸……，我需要看看各種不同的生活、不同的人生；看到人家的進步，能激起我進取的心，看到人家的落後，能激發我的悲憫……

寫作是需要「愛」的；作為一個寫作者，如果他沒有一顆比別人更靈敏的愛心，那他的所有的生活體驗都將等於零——愛過而不知道愛的甘苦滋味，怎能寫出愛的詩篇？所以「愛」是我寫作的出發點；我不停的寫作，是為了要寫出我對人生的關懷。我寫過詩，寫過散文，寫過兒童詩，寫過兒歌，寫過童話故事，寫過兒童散文，也寫過給少年看的詩，將來我也可能寫出「老人詩」；寫了這些，我無非就是想要寫出我對整個人間的關懷，而不僅僅是某一個階段的人生。

寫作是「真誠」第一，不容有任何虛偽；所有的技巧，是因為表現上的需要，不是為技巧而技巧。所以，我的寫作，是順其自然，不加強求，有什麼樣的情緒，有什麼樣的感受，有什麼樣的內容，就寫出什麼樣的作品；我的作品，就是我的人生，它為我真誠的面對每一位讀者，不論年齡，不分男女，也無分貴賤，使我毫不羞赧；當然，表現的方法很多，同樣的題材，可以寫成詩，也可以散文、小說或戲劇……，但看你如何處理，也要看看你自己適合寫什麼樣的東西……

一九九〇年六月八日清晨於東湖

在孤獨中與孤獨對話

不知道從何時開始，我愛上了孤獨；但有一點可以確認的是：與寫詩有關。

我十五歲離開家鄉，自己到臺北謀生；從此，工作和生活的地方就成了我終身學習的場所。從十二、三歲走出學校，我就沒有再進入正規學校學習，倒是三十多歲以後，開始有了機會走進學校，做有關寫詩的演講，這好像也算是現實人生中的一種「顛覆」吧！使不可能成為可能？

因為「寫詩」的緣故，在我身上，幾乎什麼都有了改變：氣質、容貌、命運、工作、生活和人際關係等等，都起了變化；寫詩，的確是改變了我的一生。

我在農村出生、長大；如果不走出農村，我可能一輩子都得把自己種在稻田裡；如果不是喜歡寫詩，我現在也可能還是一個肥料工廠的工人。

由於「寫詩」，我愛上了孤獨。孤獨給我反思的機會，給我心靈上的自由；孤獨是一種心境，也是一種享受。在孤獨中，我學會了與孤獨對話；我寫的詩，就是我與孤獨對話的結果。尤其是我寫的短詩及《孤獨的時刻》。

由於「寫詩」，我結識了很多朋友——國內、國外都有。通過詩，原本不相識的人，和我的心靈有了交會的火花，點燃珍貴的友誼；這種友誼，沒有雜質，也無距離——我時而會隱隱約約的感受到，在遙遠的國度裡，有識與不識的人在閱讀我的詩，傳誦我的詩；有的在書房，有的在課堂，也有的在朗誦會，甚至是公車上……

寫詩的心是跳動的，當我有了詩作，我才感到自己真正的活著；當有人對我的詩作也有了「心動」的時候，我才會認為我寫作的詩，是有生命的。

《孤獨的時刻》是我第七本詩作，收了三十二首短詩，大多三、五行，也有少到只有一、二行；寫這些詩，大約是民國六十年至七十五年間（一九七一年至一九八六），在長達十五年的時間裡，我當然不只得詩三十二首，但能作為我「與孤獨對話」的結果，但性質又相接近，可以把它們彙編成一本小書，的確是只有這一些。這些短詩，個人極為偏愛，因為我喜歡沉默，尤其碰到挫折、不如意時，我更加需要藉著沉默的孤寂性格，進行自我省思、調適，而這些寫作，也恰好像似「自我療傷」的結果；所以，在我已出版的詩集中，我獨獨鍾愛它們，如我平時寡言一樣，我喜愛短小的詩。

這本短詩集，從一九八八年十一月在臺北出版中、英、泰文版，至今已十年，它曾再版一次（一九九四年八月），又多了三種譯文：德文、馬來文和韓文；而中、英、韓文版也已於一九九七年七月在漢城由漢聲文化研究所印行。我過去寫作的詩，雖然也有一些零星被譯成英、日、韓、德、法、荷、越等外文發表，並被收入在多種選集中，對我已是莫大的支持和鼓勵，卻沒有想到，這本《孤獨的時刻》，居然有機會讓識與不識的朋友喜歡，主動譯成多種語文，給我的鼓勵，也就更大了，使我對詩的寫作更加無怨無悔。

《孤獨的時刻》英文譯者，是香港著名詩人黃國彬教授；他著有詩集、散文集、翻譯評論及學術論著二、三十種。泰文譯者，是泰國華文現代詩人張望先生，他現任泰國華文報記者，是華裔第二代。德文譯者，郭名鳳教授；郭教授曾在西德烏爾姆大學執教，現任教淡江大學德語系。馬來文譯者，劉美珊小姐，是華裔第二代，畢業馬來西亞大學後赴英國深造。韓文譯者金泰成，是韓國青年翻譯家，譯有《紅樓夢》、《胡雪巖》等二十多種中國文學作品；我的第一本中、韓文版《林煥彰詩選》，即由他主動翻譯，一九八六年九月在漢城第一出版社印行。在這五位朋友中，原先只有黃國彬、金泰成有多年交誼，張望和郭名鳳，是譯完《孤獨的時刻》之後，才得有機會相識；劉美珊至今還未見過面，只通過二、三次信，是因為她譯好後提出出版計劃，來信徵求我同意。

因為詩的緣故，使居住在不同國家、不同民族的人能成為朋友，而且是透過詩的媒介，使彼此的心靈有了交會的緣份，這是我在不如意的現實生活中，唯一得到慰藉並賴以繼續面對痛苦人生的最佳憑藉。

人生是痛苦的多，寫詩是一種心靈上的救贖。減少痛苦，我會繼續寫詩；為了使我寫作的詩，能有機會和識與不識的人產生心靈上的共鳴，我勇於面對孤獨，在孤獨中與孤獨對話……

她會比我活得更久

她是誰？我說的是詩；我喜歡她，我讀她、寫她。

從年輕時開始，一直到現在，已經超過半個世紀；不是一兩天，也不是一兩年；人生有幾個一兩天？有幾個一兩年？更能有幾個半個世紀？

詩，我喜歡她；我讀她，我寫她；但不因為我懂她。年輕時，我不懂；現在，我也還是一樣不懂。但我告訴我自己：不懂沒關係，喜歡就好；喜歡就會有關係。有關係，就會有好的關係。

五十年過去了，詩，我依然喜歡她；我依然讀她，也依然寫她。雖然，我一樣不懂，也一樣沒有寫好；但我依然跟我自己說：沒有寫好沒關係，繼續寫，才有關係；繼續寫，就有可能會寫得更好。

一生有多長？多長才算一生？再過幾年，我會從這個世界消失；這是生命的必然，沒有人可以逃得過這個必然。我該為自己慶幸，因為愛上了詩，她給我很多好處：當我鬱卒時，她告訴我如何紓解鬱悶；當我徬徨時，她告訴我如何尋找方向；當我發現美時，她告訴我如何抒發美感；當我有所感悟時，她告訴我如何表達對人生的看法……

人的生命有限，詩的生命無窮；我努力寫我的詩，讓我的詩變得有生命；她會比我活得更久。

二〇一〇年五月九日母親節晚起草，五月十日晨完成於研究苑

假如我可以當教育部長

我的決策是：

第一　廢除各級學校的任何考試。

第二　大家都來玩詩（每學期最少要上四節玩詩課／包括老師和校長）。學期終了每人要交自製一本詩集（最少十首／長短不拘），放在國父紀念館公開展示一個暑假（接受觀賞者直接在上面評分評語／其成績作為升學升遷的重要依據）。

第三　每個國民一年最少要買三本詩集（收據抵稅）。

以上是我嚴肅的願望。

二〇一一年三月三日三點三分，研究苑

《詩評力》NO.5，二〇一一年六月一日夏季號

我這樣想

——關於跨界，詩和畫的關係

寫詩、畫畫都要用腦筋思考，所以它們有關係；我喜歡寫詩、畫畫，所以它們都跟我有關係；至於這些關係的深淺如何，就看我的造化如何。如果看起來不怎麼樣，那就是我不怎麼樣，請別怪我的詩和畫不怎麼樣。

在我的想法裡：詩和畫是要有想像空間的；想像空間，越多越大越好。我不一定都做得到、做得好，但我在努力中，希望做得越多越大越好；我希望所有寫詩的人也都喜歡畫、畫畫的人也都喜歡詩，讓王維所說的：「詩中有畫，畫中有詩」，不是「白話」！

詩與繪畫的結合，是跨界的一種；有了跨界的開始，不論哪類創作，都有無限可能，不墨守成規；今年，台大杜鵑花季詩歌節，就以跨界物件裝置藝術方式，處理「五行——金木水火土」的主題，有管管、黑芽、白靈、張芳慈、陳克華、羅毓嘉、紫鵑、顏艾琳等和筆者應邀參展；儘管方式不同，但每件作品都與詩有關；讓我個人體會到，詩永遠會活著，以不同面貌呈現……

二〇一〇年八月二十三日三點四十九分，研究苑

【聯副文學遊藝場・第十八彈】

幸福，可以這麼簡單

——「幸福絕句」徵稿駐站感想

「絕句」是中國古詩裡最短的一種詩的形式，以「五言」來說，就是四行的作品，字數只有二十個；聯副這一彈推出「幸福絕句」徵稿活動的構想，有意參考古典詩的舊有形式——四行詩，不過在字數上倒沒有做嚴格規定，給寫作者極大的自由。

我個人一向喜歡寫短詩，在閱讀上也偏好短小作品；二〇〇三年起，因為工作方便，我開始在泰國、印尼，利用華語報紙副刊提倡六行（含以內）小詩寫作，先後在東南亞不同國家、地區，包括國內，成立幾個「小詩磨坊」，定期或不定期聚會，至今沒有間斷，並且每年出版年度的同仁作品合集。關於短詩，我曾在國內外以中英泰韓文出過四本小冊子，其中有一首最短的詩，只有七個字；回想數年前這首詩剛從腦海裡冒出來時，只是一句話：「鳥飛過天空還在」。因為當時自我感覺良好，就和走在前面、同時要過馬路的詩人管管說，想聽取他的意見：能不能成為一首一行詩？他當下回應我：「好！妙！」但走兩三步後，他卻說：「可惜，太少了！」他的話加起來，和我說的：「鳥飛過天空還在」，一樣七個字，我懂他的意思——要我繼續發展；同時還領會到他說的話很妙，很好玩；把他說的話寫下來，是有標點符號，我應該把我原來的一句話或一行詩，也加幾個標點符號，做斷句分行、分段處理。於是，我沒走幾步便再開口，提出我調整過的形式，加上一個題目〈空〉，說給他聽：

鳥，飛過——
天空
還在。

他邊走邊點頭說：「嗯，這樣可以，不錯！不錯！」這首短詩，就這樣完成。沒想到這首短詩，到現在為止，已為我賺來兩萬多字——有好幾篇文章談論它，這對寫作者來說，是滿重要的；寫短詩的確也能變成這麼好玩，是值得欣慰的。

在台灣現代詩壇，寫短詩的詩人不少，而且還不難找到精品；我就經常讀到，例如：管管、張默、碧果、白靈、蕭蕭、辛牧、蘇紹連等，想寫短詩的年輕朋友，不妨找來參考；當然，詩的創作講究多樣化，尤其獨創性——要跟別人不一樣。所以，不必在乎人家怎麼寫，而是要求自己該怎樣寫；當你有了這樣強烈的創作意識時，你才能夠真正寫出屬於你自己的好作品；這是寫詩最珍貴的意義。

這次徵稿，經過聯副編輯群及韋瑋、小熊老師用心初選之後，入圍決審的五十餘首「幸福絕句」作品，我細讀幾遍，有一個很大的驚喜：每位應徵者，都用心傳達一份個人內心深處渴望得到的「幸福感」，讓你很難拒絕這份細微精緻的想像和表現，我一再反覆品嘗玩味，希望別錯過任何一篇好作品。當然，「好作品」也常因人而異，有見仁見智、品味差異的問題，以及是否合乎徵稿主題、形式等考量。這些可能的問題，無法完全避免。

我喜歡管管的詩，他有一首〈鬍子〉，收在《腦袋開花》詩畫集裡，主題恰好與「幸福」有關，值得引來和大家分享：

每天早晨都是他那把小鬍子
給我打開那兩扇小窗
且經常讓一些夢自視窗溜出去
吃永和豆漿

這首短詩，是很生活化的，既甜美又溫馨。再如一位年輕女詩人潘家欣，她最近出版的一本詩集《妖獸》，其中有一首〈乳房〉，有新世代的獨特「幸福」美感：

兩隻乳房
一大一小
正如心臟偏愛左方
你偏愛著飽滿的那一隻
較小的，就留給我自己

這首短詩，在行數上，雖然比「幸福絕句」所要求的多一行；其實，如果略為調整，將第一段兩行併成一行，也不傷大雅，那就成為我們的「幸福絕句」。類似這樣的短詩，常常會成為我日常生活閱讀詩的一種選擇和樂趣。

我選出的十首優勝作品，各有其特色，也各有其深刻體會和表現手法，但都離不開現實人生追求幸福的主題，讓讀者可以從不同題材、不同角度、不同詩想中獲得閱讀的喜悅。例如其中一首〈未知〉，雖然不易直接感受它與「幸福」主題存在多少關連，可經過慢慢品嘗，卻又無法拒絕它以「熟透的筆記」書寫才剛成形的夢想，那種有所寄望的「幸福感」。又如一首〈暖暖包〉，尤其在這寒冬季節，讀來更覺親切、暖和，那就是可以抓得住的「幸福」。所以「幸福」並不遙遠，只要你肯付出、用心經營，隨時隨地都可感受到真實的幸福。即使是一個整天與稻田為伍、辛勤在田中工作的老農，如〈灌田意象〉，在「不斷拍撫剛被翻攪的黑土／慢慢包容沉澱」，同樣也能讓讀者領略到「堆疊畫出」，可以期盼「下一幅富足」。再如有一首〈母語〉，也滿有趣；有趣，在短詩裡，我個人有相當的偏愛，甚至有些禪味兒的詩，則更加期待；作者說「離家記得帶一包泥土」，還要記得帶「叮嚀與祝福」，「每天食用一小片」以療慰鄉愁，回家時也要記得「用母語問路」，這又何止是「幸福」而已？應該還有更深的寓意，詩的意味讓人回味無窮……

總之，「幸福」不是從天上掉下來的禮物，必須誠心誠意付出，又得悉心經營，它就是人人生活中的一部分，不能粗心大意忽略它，必須懂得珍惜。

記得詩人瘂弦十多年前曾寫過一篇談詩的文章，題目叫〈詩是生活的一種方式〉；我非常希望聯副推出的「幸福絕句」徵稿活動，有助讀詩、寫詩都成為「生活的一種方式」。「微世代」來臨了，微書寫的全民文學，是不能拒絕的，希望人人都來擁抱她。

二〇一二年十二月三十日十一點二十六分，研究苑

二〇一三年一月二十三日「聯副」刊載

嚴肅的話題背後
——談自己的一首詩

〈不跟您說笑話——這是一個嚴肅的話題〉

地球是一個，破碎的蛋殼
有些碎片，早已成為汪洋中的小島
有些小島，時而露出水面
更多的是，被海浪淹沒

我站在一片落葉上，和一隻螞蟻對話
牠有先知的敏覺，可以聽到
我們聽不到的聲音。牠說：
這個蛋殼，碎裂的聲音
越來越大！

寫詩的人，是否都比較多愁善感？其實也不；每天看到天災人禍，你能無動於中嗎？

有很長一段日子，我常在臺北信義區經過；大型看板四處林立，儼然一片大繁榮景象；大多矗立的是建築廣告，其中有一幅，是以地球圖案呈現的；因為架設位置，正好在我必經路段的前方，是在強迫你非看不可，相當醒目。也因為那幅地球的圖案，是用龜裂的筆觸表現，效果相當好，讓我第一眼就聯想到「碎裂的蛋殼」。所以每次經過，都會多看它幾眼。可能是我平日對世事就有一些感受，看到它，內心就起了波濤的作用；我想我有可能會為它寫一首詩。因此，我必須對它留下更深刻的印象。果然，不久就有一個外來的機緣，加速促成我把這首詩寫下來。

這首詩大約寫於五六年前，是應「聯副」春節專輯邀稿；邀稿有一定行數字數約定，和交稿的期限；我當然懂得配合。記得篇幅是要在十行以內，主題不限。

寫這首詩時，好像沒什麼壓力。前面說的那些想法，恰好可以派上用場；在日常生活中，積累的印象和感觸最深的，往往最容易形成寫作的誘因。因為看過那幅地球圖案的廣告，讓我聯想到蛋殼碎裂的形象，喚醒我長久以來日積月累的對地球上大小戰爭不斷，國土分裂，人類過度開發建設，破壞大自然生態以及汙染，越來越嚴重的種種問題，這份憂心，自然而然成為書寫這首詩時，第一個冒出來的主題意識。主題既定，寫作時就會集中精神，設法完成。

蛋在我幼小心靈中，就將它視為珍貴的食物；既好吃又有營養，既便宜又容易料理。因此，在我這一生當中，它就成了我日常生活不可或缺的食物；除了童年時期物資缺乏的那個年代，我的三餐是從來沒有中斷過的。所以，對蛋殼印象特別深刻。

蛋殼是易碎的東西。這首詩的主要意象——蛋殼，我想透過它的物性，引起讀者對主題意識所暗示的嚴重性，能夠特別給予重視。我在副題標示的「嚴肅的話題」，就是有意暗示它的象徵意義；大氣中的臭氧層破了，氣溫不斷上升，冰河溶化了，海平面升高，地球到處暗藏危機，我們所處的小島，就像一片落葉，我們還能麻木不仁嗎？

人是宇宙萬物中的一種，不是萬物的主宰，理應懂得自己的渺小，應該謙虛平等對待任何事物才是；詩中第二段，我特別安排和小螞蟻對話，目的是要將人類應有的謙虛精神，藉機表現出來。近年來，台灣政治人物囂張跋扈，狂妄至極；在上位者不聽民眾心聲，不知民間疾苦，簡直到了無恥的地步；讓人痛心疾首！

活在這個世代，是很無奈的！只有寫寫詩，發發牢騷吧！

二〇〇七年十一月十二日，研究苑

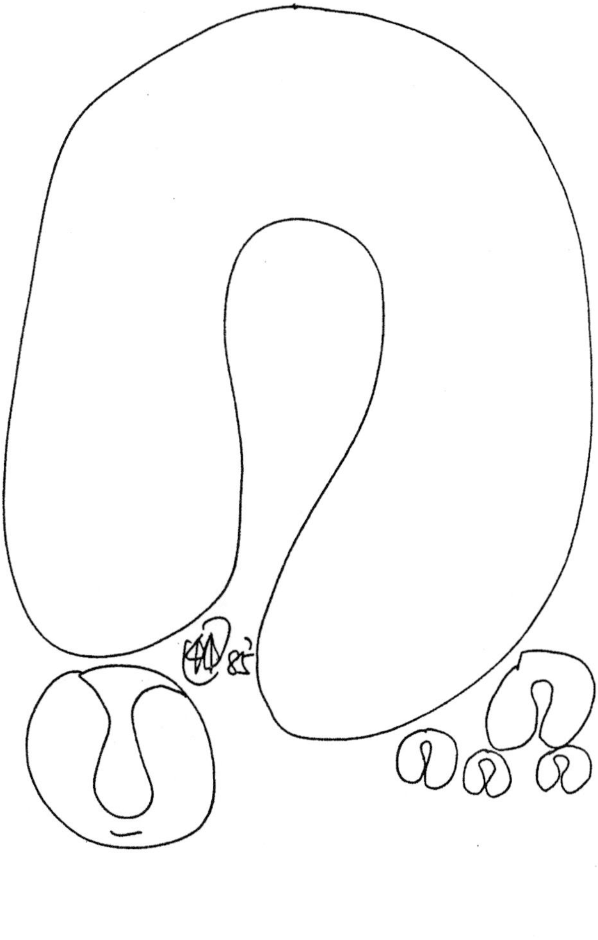

與文壇的一點關係及其他

——答溫州師範大學吳其南教授提問

1. 大陸許多人對臺灣文壇的情況瞭解不多，你能結合臺灣文學近幾十年的歷史談談你自己的創作道路、特別是兒童詩的創作情況嗎？

答：這個問題滿大，要談得好、詳盡不容易！台灣這邊，一直沒有自己的學者敢寫一部現當代文學史，倒是大陸早在十幾二十年前，就有學者、專家陸續寫出好幾部「台灣現當代文學史」及「台灣現當代詩史」之類的專著；對於某些專著雖有觀點偏差，史料不齊，誤解、誤判，引起不少爭議，但對台灣現當代文學或現當代詩的介紹、交流，還是起了不少的作用，仍然有其貢獻。平心而論，我個人覺得他們願意投注心力，也下過苦工，在短期內能完成那樣的專著，實在是滿了不起的。

我個人純粹是一個業餘的詩的愛好者和寫作者，關注面不廣，用心也不夠，要談好這個問題是有滿大的困難！要說自己的事，也只能大略憑一些記憶、隨意說說自己當下能想到的個人事，供您或有興趣想瞭解我的讀者們作為參考——

我年輕時開始學習寫詩，也學畫畫；我寫的是新詩，畫的是西畫。也不知何種因緣，一旦接觸這兩樣東西之後，這一路走來，就限定了自己只能「玩玩」這兩樣東西，而且還是只能利用工餘時間學習；因為一直以來，我得對自己組成的家庭負責，一開始走入社會工作，收入不多，要吃飯的人可不少！我成家早，二十歲結婚，婚後又一連串得了五個孩子，三女二男！年輕時，在公營事業單位做基層工人，工資低，要養活這樣一家，我必須在正職之外長期兼差、打工；我曾經幫自己的二姊管理過小印刷廠，也幫律師編法律雜誌，還和內人頂下別人的公車票亭代理權，兩人輪流代售車票；也曾一度想利用下班之後騎單車去兜售肉鬆、肉脯的小生意，但賣了幾次之後，沒做出成績，挫折很大，還是乖乖回到編雜誌的兼差工作，收入比較固定（至今我還留下一支當時用過的「秤仔」，將來如有機會可以捐給文學館收藏）。雖然，如此長期做著兩樣工作，學習寫作和畫畫的事，卻從未萌生放棄的念頭，也無中斷，即使生活最困苦的時候，也因為有文學和繪畫支持，讓我得以平順度過，就如此甘之若飴，成為我一輩子親近倚靠的兩樣精神支柱。應該算是老天眷顧吧！更沒想到，我六十歲屆齡退休之後，近十來年，倒因為寫作這件事，它幫我解決了不少生活上的難題；我居然還靠著它，在國內外到處演講、上課、評審、開會、駐校……，過著我自己戲稱的「周遊列國」、逍遙式的晚年生活。

我最初學寫了近十年的新詩，為自己、也寫給別人看；這一部分，我稱為「成人詩」。寫這類詩，我不曾考量讀者對象的問題，純粹抒發自己內在的感情、苦悶的心情和困境，有時也反映當下生活的大環境，並發發牢騷，提出批判的問題！但人生總會有些轉折，或受外界影響，或自己自覺需要走出困境，就必須尋找出路；大約一九七三年我開始有意為兒童寫詩，那是一大轉折，不僅是寫作途徑的跨越，同時也改變了我後半生的發展。

在「成人文學」方面，我一路走來，做了不少「為別人」的事，前後參與幾個社團、詩社，編過《笠詩刊》、《龍族詩刊》、《亞洲華文作家雜誌》、《乾坤詩刊》等同仁刊物或會刊，和兩本新詩的史料：《近三十年新詩書目》（臺北書評書目社，一九七六年二月二十五日）、《中國新詩集編目》（臺北成文出版社，一九八〇年六月十五日），以及《聯副三十年文學大系．總目卷》（上下冊）和《聯副三十年文學大系．索引卷》（臺北聯合報，一九八二年六月）；這些史料性的工作，跟我早年注意史料收集有關，是創作之外的一種興趣，也與自己非科班出身的背景有關；年輕時我自己就有所體認，我必須透過閱讀前人的作品來增進自己提高學習的動力，沒有理論可以依靠；所以大量收集、大量閱讀，不侷限於一家，是相當重要的。我和東南亞華文作家、文壇的聯繫、交流，由來已久，從一九七〇年代創辦《龍族詩刊》開始，到應邀編輯《亞洲華文作家雜誌》（季刊，從創刊號到四十三期），連續二十多年建立的一些關係，始終還在，再加上我後來在聯合報系擔任副刊編輯，先後參與北美、泰國、印尼《世界日報》副刊編務，與海外華文作家的聯繫就更多；這些工作所發展出來的，也可視為我與這段文學史的一點關係。尤其，近十年來，我在東南亞推動「六行小詩」（含六行以內）的寫作，如在泰國、新加坡、馬來西亞、台灣，各地先後成立「小詩磨坊」，每年主編《小詩磨坊》專輯（已出七本），已獲得了很好的肯定。這是成人文學的部分，也都屬於義務性的工作。

至於「為兒童」所做的，有關兒童文學、兒童讀物方面，從一九七三年起專意為兒童寫詩之後，我涉及到為兒童詩、兒童文學創辦相關刊物、研習活動、成立人民團體，促進亞洲地區、兩岸以及海外華文兒童文學交流和研究，前後近二三十年，都具體做出一些開創的工作，其中義務性的更不少，比如從一九八三年底開始，我從應邀到南韓釜山演講、交流，接觸到他們兒童文學的蓬勃，社團組織、兒童文學工作者的活躍，形成一股很重要的社會教育力量，專門的兒童文學期刊、或綜合性的刊物都有，我深受啟發和感動！回到台灣之後，我便毅然發起籌組「中華民國兒童文學學會」，以及之後組織「大陸兒童文學研究會」，在一九八九年八月十一日組團到合肥、上海、北京，開啟了「兩岸兒童文學破冰之旅」。接著，也就有了擴大成立「中國海峽兩岸兒童文學研究會」，參與南韓學者李在徹教授倡立的「亞洲兒童文學學會」，和韓、日、中國大陸、台灣以及東南亞地區兒童文學界增進實質的交流，同時在現有的基礎上，我們幾個兒童文學團體和《國語日報》

等民間單位，成立了「世界華文兒童文學資料館」，陸續舉辦「兩岸童詩童話比較研討會」、編印《兩岸兒童文學交流回顧與展望》（一九九八）等史料及相關論文集，承辦「第五屆亞洲兒童文學大會」（一九九九年八月），項目繁多，不一一列舉。此外，在我手上，曾先後創辦或規劃過《布穀鳥兒童詩學季刊》、《全國兒童週刊》、《全國兒童月刊》、《兒童文學家雜誌》等這些工作，大都在二〇〇〇年之前的二十年間，我都積極的參與了。

因為我從小失學，一生都在「做中學」中得到很多好處，也因為如此，我以堅持使自己能夠默默完成一些在個人生命史上和社會中，增加一點點意義，就彌補了我一生的不少缺憾。

要談個人創作所走過的寫作之路，尤其是兒童詩的創作情況，也得花很大的篇幅才能解決這個提問；我想還是概略談一些些——

我一九七三年起開始專意為兒童寫詩，一直到現在，沒有中斷；在台灣，同時期為兒童寫詩的朋友，有的不是停筆，就是轉換文類，我仍然堅持以寫詩為主，而且成人詩和兒童詩並行，有時還忘了讀者，寫出來的到底是為兒童還是為自己、為成人寫？我就不太在乎。只要能寫出自己感覺良好，就會很高興；因為我認為我是在寫詩，寫自己心中美好的感覺，那就是最重要；可以和別人分享，而讀者也覺得讀我的詩是一種美好的感受，自己覺得很快樂、人生很有意義。

自從三十多年前，知道了美國現代詩人佛洛斯特說：「讀起來很愉快，讀過了以後又感覺自己聰明了許多，那就是詩。」之後，他這種「始於愉悅而終於智慧」的詩觀，深深影響著我，引領我一直往這方向發展。當然，我自己也有自覺，時時在提醒自己，要不斷創新，求新求變，避免僵化、老化……因此，在二〇〇三年四月，應邀在香港教育學院做一場專題演講，我以「說詩・唱詩・演詩」為題，至今，我都以「遊戲」的創作概念，提倡「玩文字・玩心情・玩寫詩・玩創意」談為兒童寫詩，甚至也可以用這樣的創作觀，為成人寫詩。

二〇一一年七月二十二日十七點二十一分，研究苑

2. 你寫兒童詩，寫適合兒童也適合成人的詩，更寫以成人為主要讀者對象的詩，比較起來，哪種更順手一些？

答：寫詩是不得勉強的，勉強就不可能寫好。不論是為兒童還是為自己、為成人寫詩，我都把它當作在「修心養性」，能修到什麼就盡力去修。我不會因為寫不出詩而發慌，所以要說

寫哪樣的詩才比較「順手」？我似乎從未為這個問題費心過，原因就只有一個，那就是寫「詩」；因此就沒什麼不同了。

3. 王力先生曾說：「我們對於自由詩沒有許多話可以說。既然自由，就不講究格律，所以我們對於自由詩的敘述，只是對格律的否定而已。」（《現代詩律學》13頁）沒有了格律，自由詩怎樣組織聲音使其成為一個美的對象？

答：美是不應該被束縛的；美是創新的，美是不重複的。所謂「格律」，那是前人（或理論家）所訂的一種「規律」，用來束縛後人的一種所謂的標準；其實不是標準。寫詩是屬於一種「創新」的行為，從沒有到有，寫作者自己不斷自我要求，創造新的「格律」，但馬上又毀掉自己所創造的已經存在的「舊格律」。嚴格來說，「自由詩」不是沒有「格律」，而是不沿襲「舊格律」，不拿現成的、一再重複。

4. 你經常來大陸，和大陸許多兒童文學作家都很熟，你怎樣評價大陸兒童詩和兒童文學？

答：我是從事創作的，不是「評論家」；作為一個詩的愛好者，我閱讀別人的作品，也常以個人的創作觀點來觀察別人的新作品，看是否有新的表現？主要是想從中是否能獲得一些啟發。其實，我能閱讀到的大陸作家的作品，極為有限，除偶爾有些老友寄的書，一般是很少接觸的。這一點就很難有什麼可以提供您參考了。

二〇一一年七月二十三日三點九分，研究苑

文學視界37　語言文學類　PG1003

寫詩，折磨自己
——林煥彰的異類詩觀．詩論

作　　者／林煥彰
責任編輯／黃姣潔
圖文排版／陳姿廷
封面設計／陳佩蓉

發 行 人／宋政坤
法律顧問／毛國樑　律師
出版發行／秀威資訊科技股份有限公司
114台北市內湖區瑞光路76巷65號1樓
電話：+886-2-2796-3638　傳真：+886-2-2796-1377
http://www.showwe.com.tw
劃撥帳號／19563868　戶名：秀威資訊科技股份有限公司
讀者服務信箱：service@showwe.com.tw
展售門市／國家書店（松江門市）
104台北市中山區松江路209號1樓
電話：+886-2-2518-0207　傳真：+886-2-2518-0778
網路訂購／秀威網路書店：http://www.bodbooks.com.tw
國家網路書店：http://www.govbooks.com.tw

2013年6月　BOD一版
定價：320元

國家圖書館出版品預行編目

寫詩，折磨自己：林煥彰的異類詩觀.詩論 / 林煥彰著. --
一版. -- 臺北市：秀威資訊科技, 2013. 06
面； 公分. --（語言文學類；PG1003）（文學視界；
37）
BOD版
ISBN 978-986-326-128-5（平裝）

1. 詩評

812.18 102010591

讀者回函卡

感謝您購買本書，為提升服務品質，請填妥以下資料，將讀者回函卡直接寄回或傳真本公司，收到您的寶貴意見後，我們會收藏記錄及檢討，謝謝！如您需要了解本公司最新出版書目、購書優惠或企劃活動，歡迎您上網查詢或下載相關資料：http:// www.showwe.com.tw

您購買的書名：________________________________

出生日期：________年________月________日

學歷：□高中（含）以下　□大專　□研究所（含）以上

職業：□製造業　□金融業　□資訊業　□軍警　□傳播業　□自由業

　　　□服務業　□公務員　□教職　□學生　□家管　□其它_____

購書地點：□網路書店　□實體書店　□書展　□郵購　□贈閱　□其他

您從何得知本書的消息？

□網路書店　□實體書店　□網路搜尋　□電子報　□書訊　□雜誌

□傳播媒體　□親友推薦　□網站推薦　□部落格　□其他__________

您對本書的評價：（請填代號　1.非常滿意　2.滿意　3.尚可　4.再改進）

封面設計____　版面編排____　內容____　文／譯筆____　價格____

讀完書後您覺得：

□很有收穫　□有收穫　□收穫不多　□沒收穫

對我們的建議：________________________________

____

____

____

請貼
郵票

11466
台北市內湖區瑞光路 76 巷 65 號 1 樓
秀威資訊科技股份有限公司　　收
BOD 數位出版事業部

（請沿線對折寄回，謝謝！）

姓　名：________　年齡：____　性別：□女　□男

郵遞區號：□□□□□

地　址：________________

聯絡電話：(日) ________ (夜) ________

E-mail：________________